혜우 스님의 첫눈에 반한 차 이야기

혜우스님의
첫눈에반한
차茶이야기

혜우 스님 지음

이른아침

차, 쉽고 즐겁게 마시자

    지난 여름, 내가 운영하는 제다교육원 인근에 있는 가톨릭 피정의 집에서 피정 오신 분들을 위해 차 교육을 좀 해달라는 청이 들어와 1주일에 한 번 강의를 하기로 약속했다. 그런데 문제는 이 분들이 차에 대해 완전히 문외한이라는 것이었다. 그 전에는 주로 차에 대해 대강이라도 알고 있는 분들을 대상으로 강의를 해왔기에 큰 어려움이 없었는데, 백지상태의 사람들과 차에 대한 이야기를 나누려다 보니 시작부터 조금 난감했다. 그래서 우선 참여한 분들이 생각하거나 알고 있는 차에 대해 물었다. 그 결과, '차는 어렵다, 공부를 해야만 마실 수 있는 음료다, 찾아서 마시기는 번거롭고 복잡하다, 특별한 사람들이나 마시는 것이다' 등등의 대답이 나왔다. 짐작과 크게 다르지는 않았으나 과연 이들에게 어떻게 차를 쉽고 재미있게 알려줄 수 있을까 여간 염려가 되지 않았다. 또한 이들을 상대로 한 교육의 궁극적인 목적은

차와 관련된 지식의 전달이 아니라 이들이 일상에서 실제로 손쉽게 차를 즐길 수 있도록 안내하는 것이었으므로 결코 쉬운 강의가 아니었다. 덕분에 나부터 기존의 지식과 생각들을 모두 내려놓고 근본적인 질문부터 다시 던져야 했다. 예컨대 '차란 과연 무엇인가' 하는 질문이다.

정말로 차란 과연 무엇일까? 나뭇잎 우려낸 물에 불과한 차가 과연 무엇이기에 사람들은 여기에 다도茶道니 다례茶禮니 하는 어려운 수식어들을 붙이고, 왜 차를 마실 때면 특별한 무언가를 해야 한다고 생각하는 것일까?

물론 차는 역사적으로 특별한 것이기는 했다. 시대를 막론하고 차를 즐기던 계층은 귀족이라고 칭해지던 소위 상류층이었다. 특히 우리나라는 차의 생산량이 늘 수요보다 적어서 아무나 쉽게 즐길 수가 없었다. 게다가 정치적으로나 국력으로 우위에 있던 중국의 차를 최고로 꼽았기에 서민들이 이를 구해서 마신다는 것은 대개는 꿈도 꾸기 어려운 것이었다. 그나마 고려시대에는 차가 성행하여 거리에 다점茶店까지 있었다고 하지만, 이것도 서민들을 상대로 하는 찻집이라기보다는 선비나 무인, 즉 상류층을 대상으로 하는 찻집이었을 개연성이 높다. 먹고사는 문제에 급급한 서민들의 경우 차를 음료가 아니라 귀한 약재로 취급했고, 차밭에 일을 나가거나 차나무가 있는 산에 우연히 갔을 때 그 잎을 훑어다가 말려서 약으로 사용하는 것이 전부였다. 이들이

일상에서 차를 음료로 마신다는 것은 불가능한 얘기였다.

　이런 사정은 근대에 들어와서도 크게 달라지지 않았다. 6.25 전쟁의 와중에 대다수 서민들은 삶의 기반마저 잃었고, 생존 자체가 삶의 목적인 상황에서 차문화는 뿌리 내릴 곳이 없었다. 그러다가 점차 생존의 문제가 해결되고 여유가 좀 생기면서 소수의 사람들이 다시 차에 관심을 가지게 되었는데, 이들 역시 당시 상황에서는 경제적으로나 사회적으로 중상위층에 속하는 사람들일 수밖에 없었다. 밥의 문제가 해결된 뒤에라야 삶의 질을 높이는 문화에 관심을 가지게 되는 것은 동서고금의 진리다.

　우리나라의 60~70년대 문화는 미국과 일본의 영향을 많이 받았는데, 차의 경우 당연히 미국이 아니라 일본의 영향을 받게 된다. 물론 그 당시에도 우리 고유의 차문화가 완전히 사라진 것은 아니었다. 대표적으로 절집들에 차 마시는 풍습이 여전히 전해지고 있었다. 하지만 이들 절집에 전해지던 음다의 풍습은 스님들의 일상에 녹아든 평범한 것이어서 대중들이 보기에 전혀 특별하지가 못했다. 반면에 일본 차인들의 절제되고 고급스러운 행다는 사람들에게 아름답고 특별하며 경이로운 무언가로 비쳐졌고, 결국 우리의 현대 차문화는 일본의 차문화에서 적지 않은 영향을 받게 되었다. 그 여파로 일본풍 행다법의 영향을 받은 여러 계파의 차회가 국내에 생겨났고, 이들 가운데 의식 있는 몇몇 분들이 앞장서서 우리 고유의 다법을 찾아 연구하고 이론을 세우면서 오늘날의 다양한 차회가 생겨나게 된 것이다.

여기까지는 아무런 문제가 없다. 고급의 문화일수록 상류층에서 시작되어 아래로 전파되는 것이 일반적이다. 물이 높은 곳에서 낮은 곳으로 흐르는 이치와 다를 바 없다. 우리의 현대 차문화 성립 초기에 일본풍 다법의 영향이 다소 있었다는 것도 전혀 부끄러울 이유가 없다. 외부의 영향 없이 독불장군식으로 생겨나는 문화는 어디에도 없기 때문이다.

문제는 여러 계파가 세워지고 다양한 단체들이 만들어지면서 생겨나는 알력과 아집이다. 저마다 추구하는 정신세계가 다르고 고집하는 다법이 달라지면서 상대를 비하하거나 자기주장만 고집하는 현상이 나타나게 된 것이다. 저마다 전통傳統과 정통正統을 내세우고, '차는 이렇게 하지 않으면 안 된다'는 식의 자기 고집을 마치 진리인 양 주장하면서 서로 다툼까지 일게 되었다. 그런데 이런 갈등이 때때로 지나쳐서 서로 반목하고 싸우는 추한 모습으로 대중들의 입방아에까지 오르기도 한다. 이는 우리 차문화를 더 키우고 살찌우고자 하는 사람들이라면 마땅히 경계하고 또 경계해야 할 일이다. 차를 잘 모르는 대중들의 경우 당연히 차인들이나 차문화 단체들을 통해 차가 무엇인지 배우게 되는데, 처음 만나는 차의 모습이 다툼과 질시와 아집뿐이라면 이들이 차와 차문화에 애착을 갖는다는 것은 난망한 목표가 될 것이다.

대중들의 이해 부족과 편견 때문이라고 남의 탓을 할 때가 아니다.

차를 접하지 못했던 대중들은 당연히 차인들의 겉모습을 보고 '차는 저런 것이로구나!' 하고 판단하는 것이 지극히 정상적이다. 그들이 차는 어려운 것이고, 스님들의 수행 못지않은 치열한 공부가 있어야만 차의 세계에 입문할 수 있다고 생각하는 한, 우리 차문화의 대중화와 일상화는 저만치 물 건너 가는 셈이다. 그런데 실제로 여전히 많은 사람들이 차를 어렵게 생각하는 것이 현실이다. 이렇게 일반 사람들이 차를 어려워한다는 것은 우리 차계가 당면한 여러 문제들 중에서도 가장 큰 문제다. 차문화의 확산에 이만큼 큰 걸림돌이 없다.

국회에서 소위 '차 진흥법'이 통과되어 바야흐로 차문화 발전에 크게 기여할 것이라고 많은 차인들이 기대하고 있다. 하지만 한편으로는 걱정이 없는 것도 아니다. 예컨대 초중고 교육과정에 차 교육을 신설하는 문제가 있다. 정규 교육의 일환으로 차 교육을 실시하면 당연히 청소년들의 차에 대한 이해가 높아지고 차 소비도 늘어날 것으로 기대된다. 전통문화와 예절에 대한 교육이 동시에 이루어져 청소년들의 인성 함양에도 기여하게 될 것이다. 이런 좋은 측면들이 많기 때문에 실제로 여러 차문화 단체들이 학교에서의 차 교육을 준비하고 있는 것으로 전해지고 있다. 교육을 위해서는 당연히 선생님들이 필요하기 때문에 차인들의 역할과 위상도 강화되고 확대될 것이다. 그야말로 누이도 좋고 매부도 좋은 격이다. 하지만 만에 하나라도 아이들이 차를 수학이나 영어처럼 공부를 해야 하는 또 하나의 과목이자 과제로 인식하게 된다면, 이는 결코 바람직한 일이 아니다. 우리가 바라는 것은 강제력을 동원한 차 지식의 전달이 아니라 아이들에게 즐거운 차 생활을 경험하게 해주는 것이어야 한다.

차를 전문적으로 연구하고 공부하는 사람이라면 당연히 깊고 높은 지식을 추구해야 한다. 하지만 대중들에게 이를 강요하는 것은 어리석은 일이다. 사람들이 누구나 쉽게 다가올 수 있도록, 차 마시는 일이 얼마나 즐거운 일인지부터 우선 알려야 한다. 차에 관한 이론이나 다법은 그 다음 문제다. 차의 맛에 빠지면 누구나 스스로 책도 읽고 전문 다법에 대해서도 관심을 가지게 된다. 이것이 자연스런 흐름이다. 반대로, 차 맛도 모르면서 차를 공부하는 것은 전혀 자연스럽지 않다.

시대의 흐름에 맞추어, 거리낌 없이 차를 마실 수 있는 다양한 방법도 차인들이 나서서 연구하고 전파해야 한다. 차 우리는 방법 자체를 어렵게 생각하여 차를 가까이하지 못하는 사람들에게 찻자리의 예절부터 가르치는 건 어리석은 교육이다. 차는 반드시 다관이나 개완에 우려야 한다고 가르칠 일도 아니다. 요즘 젊은 세대들이 흔히 사용하는 머그컵이나 텀블러를 이용하여 차를 우리고 마실 수 있도록 안내하는 것이 더 현명한 교육이다. 차인이라면 마땅히 이런 현실적이고 실용적인 방법들도 적극적으로 찾아내어 소개하고 알려야 한다.

이렇게 얘기하면 전통적인 방법, 최고의 차 맛을 내기 위한 정통적인 방법들까지 다 무시하라는 것이냐며 반문할 사람도 있겠다. 그러나 나는 결코 그렇지 않다고 대답하겠다. 차 마시는 일이 즐겁고 좋은 일이란 것을 깨닫게 되면 누구나 자연스럽게 차에 대한 공부를 시작하게 마련이기 때문이다. 누구든 차에 한 번 빠져들게 되면 더 향기롭고 더 맛이 뛰어난 차를 찾지 않을 수 없고, 이 과정에서 당연히 차와 관련된 지식이나 지혜를 찾게 되는 것이다.

시대가 많이 변했다. 차는 스님들이나 전문 차인들에게는 없어서는 안 될 수행의 벗이자 정신적인 그 무엇이지만, 일반인들에게는 그저 다양한 음료 가운데 하나일 뿐이다. 이들에게 차의 진면목을 알리고, 진정한 차의 맛을 알게 하려면 차인들도 이제는 눈높이를 맞추어야 한다. 더 쉽게 차를 알리면서도 근본을 잃지 않으려는 자세가 필요하다. 이 책은 그런 고민을 하고 있는 사람들과 함께 나누고 싶은 이야기들을 모은 것이다. 이 책의 내용들이 이런 다양한 고민에 모두 명쾌한 해답을 알려줄 수는 없겠지만, 해결의 실마리를 풀어가는 참고 정도는 되지 않을까 한다.

2018년 춘삼월에
혜우 합장

차 례

차는 신, 인간, 자연의 합작품

'차나 한잔 하자'는 공수표 🌿

우리는 누군가와 만나기로 약속을 정하거나, 혹은 길에서 우연히 지인을 만났을 때 하루에도 몇 번씩 이런 말을 하곤 한다.

"차나 한잔 할까?"

그러면서 열에 아홉, 아니 열이면 열 모두 커피 파는 집으로 간다. 게다가 그런 커피 파는 집을 일러 흔히 '다방'이라고 한다. 이렇게 생활하면서도 아무도 이상하다고 생각하지 않는다. 다시 말하면, '스파게티 드실래요?'라고 말해놓고는 중국집에 가서 '자장면'을 시키는 꼴인데, 그럼에도 다들 너무 자연스럽다. 아무 일도 아닌, 그냥 당연한 일이다. 이것이 차를 바라보는 대중들의 시각이고 이것이 우리 차의 현실이다. 언어생활에서 차는 모든 사람들의 입에 붙은 말이지만, 실제의 차는 여전히 소수의 입으로만 들어간다.

'차'라는 단어는 커피라는 단어의 대용품으로만 이용되는 것도 아니다. 인삼차나 쌍화차처럼 엄밀한 의미에서 차와는 무관한 음료들에도 흔히 '차'라는 단어가 꼬리표처럼 붙는다. 차의 영어권 단어는 '티(tea)'인데, 이 단어 역시 정체성을 상실하기는 '차'와 마찬가지다. 허브티, 복숭아티 등 온갖 음료에 무의미한 접미사처럼 마구 따라붙는다.

이렇게 엄밀한 의미의 차가 아닌 음료에 '차' 자를 붙여온 것은 사실 어제

오늘의 일만도 아니다. 곡차穀茶 따위의 단어들에서 보이는 것처럼 오래전부터 '차'는 넓은 의미의 마실거리에 두루두루 사용되어 왔다.

이처럼 차라는 글자가 온갖 마실거리에 두루 사용된다는 사실에는 장점과 단점이 모두 있다. 우선 차라는 글자나 단어가 사람들에게 아무런 거부감 없이 친근하게 여겨진다는 건 장점으로 꼽을 수 있겠다. 반면에 '차나무의 잎으로 만든 음료'로서의 정체성을 지킬 수 없다는 건 단점이라고 할 수 있다. 사람들 모두가 차를 말하지만 실제로는 차가 무엇인지 제대로 아는 사람이 드물다는 현실과도 일맥상통한다.

그렇다고 엄밀한 의미에서의 차만 차라고 부르고, 다른 음료들에는 이 글

자를 쓰지 못하게 하자고 주장하려는 건 아니다. 대중들의 언어생활이 바뀔 리도 없거니와, 활용성이 높은 단어를 좁은 의미로만 사용하자는 주장도 어불성설이다. 커피까지 포함하는 넓은 의미의 '차'와, 좁고 엄밀한 의미의 '차'를 구분하는 것만으로도 충분할 것이다.

커피와 차, 차와 커피는 인류에게 가장 오랫동안 사랑받고 있는 대표적인 음료다. 그렇지만 차를 커피처럼 마신다고 차가 커피의 감성을 대신할 수 없듯이, 커피를 차처럼 마신다고 커피가 차를 대신할 수는 없다. 차는 차만의 감성과 문화를 가지고 있다. 이제부터 그게 무엇인지 찾아보기로 하자. 그 과정에서 차의 정체성과 장점과 새로운 가능성도 발견될 수 있으리라 기대한다.

남방의 아름다운 나무 🌿

　난생 처음 찻잔을 들고 그 색향미를 그윽하게 음미하던 보살 한 분이 이렇게 묻는다.

　"스님, 이건 뭘로 만든 차래유?"

　그렇다. 이 분이 생각하는 차는 보리차, 둥굴레차, 모과차, 인삼차, 대추차 등등 넓은 의미에서의 차일 뿐이다.

　"차나무 이파리로 만들었지요."

　나의 짧은 대답에 보살님의 두 번째 질문이 곧장 이어진다.

　"차나무라는 나무가 따로 있어유?"

　충청도에서 나고 자란 후 경기도에서 살고 있다더니 한 번도 차나무를 본 적이 없는 모양이다. 나는 사진 몇 장을 보여주며 차나무와 찻잎, 차꽃에 대해 설명해 주었다. 그런데 설명을 다 듣고 난 보살님의 다음 대답이 내게는 하나의 화두처럼 정신을 번쩍 들게 만든다.

　"그냥 나뭇잎을 끓였는데 이런 맛이 나다니, 참 신기하네유."

　그렇다. 차는 차나무의 이파리를 원료로 하는 음료일 뿐만 아니라, '사람'에 의해 특별히 가공된 것이다. 그냥 차나무 이파리를 끓인다고 차가 되는 게 아니다. 사람의 힘이 미치지 않으면 차가 아닌 것이다. 한자의 차茶라는 글자

에는 사람 인人이 들어가 있는데, 예전에 나는 이것이 '사람에게 이로운' 음료이기 때문일 것이라고 짐작했다. 그런데 가만 생각해보니 그게 아니었다. 사람의 힘과 기술이 들어간 음료이기 때문에 그 글자에 사람 '인人'이 포함된 것이다. 나무 목木과 풀 초艹가 의미하는 자연, 사람 인人이 의미하는 인공人工이 어우러진 글자가 한자의 차茶인 것이다.

혹자는 한자의 '차茶'라는 글자에서 천지인天地人 삼재三才를 읽어내기도 한다. 우선 글자의 맨 위에 있는 풀 초艹는 키 낮은 풀이 자라는 땅, 곧 지地를 상징한다. 사람 인人은 당연히 사람 그 자체이다. 맨 아래의 나무 목木은 하늘 높은 줄 모르고 자라는 존재이니 하늘, 곧 천天을 상징한다. 다시 말해 차茶는 천지인 3재가 모두 포함되고 어우러진, 그 어떤 것과 비교하더라도 매우 특별한 그 무엇이라는 것이다. 천지인 3재가 모두 직설적으로 포함된 다른 글자를 찾아보기가 쉽지 않은 것도 사실이니, 옛 사람들이 차를 얼마나 신성한 음료로 여겼는지 능히 짐작할 수 있겠다.

얘기가 조금 샛길로 빠졌다. 다시 처음의 질문으로 돌아와 보자.

"차는 과연 무엇인가?"

설명을 위한 설명을 하자면, '차는 차나무의 어린 싹으로 만든 고대음료'다.

차에 대한 이러한 정의에서 우선 주목할 부분은 '차나무'의 존재다. 엄밀한 의미에서의 차가 차나무의 어린잎을 원료로 한다는 사실은 차에 대해 들은 풍월이 있는 사람이라면 누구나 이미 아는 상식이다. 반대로 말하면, 차나무의 어린잎을 이용하지 않은 음료는 엄밀한 의미에서의 차가 아니다. 옥수수수염을 주원료로 만들어진 음료는 넓은 의미에서의 차일 뿐 우리가 여기

서 관심의 대상으로 삼는 엄밀한 의미의 차는 아닌 것이다. 당나라 사람 육우도 오늘날 차의 경전으로 여겨지는 『다경茶經』을 집필하면서 '차는 남방南方의 아름다운 나무'인 차나무에서 채취한 잎으로 만든다는 사실을 첫 머리에서 단도직입으로 설명하고 있다. 누군가 차가 무엇이냐고 물을 때 첫 대답은 당연히 이것일 수밖에 없다는 얘기다.

두 번째 주목할 부분은 '만든'이다. 차는 차나무 이파리를 단순히 말려서 우려내는 음료가 아니다. 전문적인 솜씨와 노동력, 다시 말해 사람의 인위人爲가 가해져야 탄생하는 음료인 것이다. 한자의 차茶라는 글자에 사람 인人이 포함된 이유가 이것이라고 앞에서 설명했다. 그럼에도 여전히 많은 차인들이 차의 행다법이나 기타 이론들에는 정통하면서도 제다법에는 무관심한 것이 현실이다. 이는 차에 대한 균형 잡힌 공부의 자세가 아니다. 제다의 원리와 공정을 이해하지 못한 채 차의 색향미를 깊이 이해하려는 자세는 구구단도 떼지 못한 채 미적분을 공부하려는 자세와 크게 다를 것이 없다.

세 번째 주목할 부분은 '고대음료'라는 점이다. 차를 설명하는 다른 책에서는 좀처럼 찾아보기가 쉽지 않은 표현인데, 조어 자체가 다소 어색하긴 하지만 저자는 이 말이야말로 우리가 사랑하고 애호하는 차의 남다른 속성을 가장 잘 나타내준다고 믿는다. 글자가 생겨나고 역사가 기록되기 이전의 고대, 그러니까 전설상의 인물인 신농씨 때부터 있었다는 차는 그야말로 고대로부터 오늘에까지 그 맥이 이어지는 음료다. 맹물과 술 이외에 이처럼 긴 역사를 지닌 음료가 또 있을까? 과문한 탓인지 저자로서는 차와 비교될만한 음료의 이름이 하나도 생각나지 않는다. 차는 이처럼 고대로부터 전승된, 그 역사가 인류 자체의 역사만큼이나 오래 된 음료다. 우리가 마시는 한 잔의 차에도 이 장구한 세월의 깊이가 배어 있다. 그 역사를 생각하며 차의 맛을 음미할 때, 우리는 화학성분 분석표로는 도무지 설명할 수 없는 차의 깊고 오묘한 맛도 함께 느낄 수 있는 것이다.

최초의 차인은 누구일까? 🌿

차의 종주국은 중국이다. 중국에서 처음 차를 마시기 시작했고, 이것이 한국과 일본은 물론 아시아를 넘어 유럽에까지 전파된 것은 역사적 사실이다. 그렇다면 중국에서는 누가 처음 차라는 음료를 개발하거나 마시기 시작했을까?

앞에서 잠깐 언급한 신농씨神農氏가 흔히 거론되는데, 『다경』의 저자인 육우가 이런 설說을 주장하는 대표적인 인물이다. 그는 신농씨가 지은 『식경食經』이라는 책에 '차를 오래 마시면 힘이 있게 하고 즐겁게 한다'는 구절이 있다고 전하면서, 이것이 차에 관한 최초의 기록이라고 소개하고 있다. 여기서 이야기가 발전하여 신농씨 유래설은 살을 더하게 되었다. 이 이야기에 따르면 신농씨는 온갖 풀들의 맛을 보아 그것이 먹을 수 있는 것인지, 약으로 쓸 수 있는

신농

중국 윈난성의 교목 차나무

것인지, 혹은 독이 있는 것인지 분별하여 백성들에게 알려주었다고 한다. 이처럼 백가지의 풀을 씹어 맛보다가 하루는 독초를 먹고 중독이 되었는데, 차로써 이를 치료했다는 것이 신농씨 유래설의 골자다.

　신농씨는 사람들에게 처음 농사 짓는 법을 가르쳤다는 농업의 신이자 의약의 신으로도 불리는 인물이다. 특히 그가 의약과 관련된 인물이었기에 육우를 비롯한 많은 사람들이 차의 시조始祖로 그를 거론하게 되었을 것이다. 만약 이런 사람들의 주장을 사실로 인정한다면 차의 역사는 지금으로부터 약

5천 년 전으로 거슬러 올라간다. 신농씨는 대략 기원전 2500년 무렵의 인물로 알려져 있기 때문이다. 말하자면 단군이 태어나고 우리 민족의 역사가 시작되던 반 만 년 전 무렵에 차의 역사도 함께 시작되었다는 얘기다.

물론 신농씨 유래설은 과학적으로 규명될 수 없는 전설일 뿐이다. 신농씨라는 신적인 인간, 혹은 전설적인 인물의 존재 자체가 역사적으로 밝혀진 것이 아니다. 입에서 입으로 전해지던 전설을 후대의 역사가들이 기록한 것일 뿐이고, 그가 지었다고 알려진 『신농본초神農本草』라는 책은 명백히 후대의 누군가가 신농씨의 이름을 차용하여 저술한 것이다. 그럼에도 불구하고 농업의 신이자 의약의 신인 신농씨가 처음 음다의 방법을 찾아냈다는 설명은 지극히 인간적이고 나름대로 논리적이어서 많은 사람들에게 사실로 받아들여지고 있다. 차의 성인聖人으로까지 추앙되는 육우가 대표적으로 이런 주장을 했으니 나름대로 신빙성이 더욱 높아지기도 했다.

신농씨 유래설만큼 사실적이지도 않고 설득력도 떨어지지만, 더욱 드라마틱한 차 기원설도 있다. 중국 선종의 초조初祖인 달마대사達磨大師 유래설이 그것이다. 면벽참선에 정진하던 달마대사가 하루는 자꾸만 감기는 눈꺼풀을 아예 떼어내어 문 밖으로 던져버렸고, 그 자리에서 차나무가 처음 자라기 시작했으며, 그 잎을 달여 마시자 잠이 아예 달아났다는 이야기가 달마대사 유래설의 골자다.

역사적으로 실존했다는 사실 자체가 믿어지지 않는 신농씨에 비해 달마는 명백히 실존했던 인물이다. 하지만 그의 눈꺼풀이 떨어진 자리에서 차나무가 처음 자라나기 시작했다는 이야기는 다분히 종교적이고 신화적이어서 신

시안에 세워진 육우의 상

농씨 유래설과 마찬가지로 과학적 분석의 대상으로 삼기는 어려운 것이 현실이다. 게다가 달마는 육우보다 고작 200년 전의 사람이어서, 달마 이후 음다가 처음 시작되고 그 200년 후에 육우가 벌써 차문화를 집대성했다는 사실 자체가 지극히 비현실적이다. 육우가 정리한 당시의 차문화는 200년 사이에 성립되고 완성될 수 있는 수준의 것이 아니었다.

신농씨 유래설이나 달마대사 유래설은 차의 시초에 관한 전설일 뿐이다. 전설은 설명할 수 없는 것을 설명하는 하나의 방편일 뿐이니, 이들 유래설을

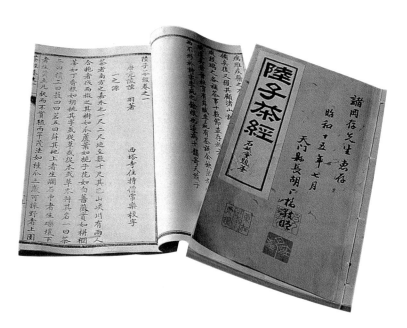

두고 굳이 논쟁의 소재로 삼을 일은 아니라 하겠다.

　차의 유래에 대한 역사적 사실은 알기 어렵지만, 당나라 이후의 차문화에 대해서는 많은 기록이 남아 있다. 이런 기록들 가운데 역시 으뜸은 육우의 『다경』이다. 육우는 대략 8세기경의 당나라 사람이고, 그가 지은 『다경』에는 이런 구절이 있다.

> "차는 열이 나 갈증이 생기거나, 고민이 있거나, 머리가 아프거나, 눈이 깔깔하거나, 사지가 번거롭거나, 뼈마디가 쑤실 때 몇 잔만 마셔도 제호 감로와 어깨를 겨룰만하다."

차에 대한 이런 증언은, 그 시대에 차가 기호음료 외에 약용으로도 널리 이용되고 있었음을 유추할 수 있게 해준다. 사실 육우 이전의 시대로 거슬러 올라갈수록, 차는 기호음료로서의 기능보다 의약품으로서의 기능을 더 많이 수행했을 가능성이 높다. 왜 그럴까?

우선 찻잎은 쓰기 때문이다. 찻잎을 최초로 먹은 사람은 아마도 생잎을 그냥 맛보았을 터인데, 차나무의 싹은 어린 순이라도 맛이 써서 아마 먼저 약으로 이용했을 개연성이 높다. 약을 넘어 음식으로 이용하더라도 데치거나 소금에 절여서 삭혀 이용하고, 다른 재료들과 섞어 사용하지 않았을까 싶다. 이런 관습은 후대에도 이어졌고, 차에 소금으로 간을 하는 음다법은 실제로 육우 이후에도 한동안 지속되었다.

『다경』 외에도 초기의 차문화를 보여주는 다양한 기록들이 전해지고 있다. 사마천의 『사기史記』도 그런 기록들 가운데 하나다. 이에 따르면 기원전 1066년에 '서주西周의 파촉巴蜀(지금의 중경·성도 부근) 지방에서 차의 재배가 행해졌다'고 하고, '춘추전국시대에 한민족과 소수민족에 의해 차의 재배가 본격적으로 시작되었다'고 한다.

동진東晉 시대의 상거常璩가 쓴 『화양국지華陽國志』에는 '주나라 무왕 때 중국 남방 파촉 지역에 향기 나는 차가 있었다'는 기록이 있고, 또 '무왕에게 파촉 지역의 차를 공납하였다'는 기록도 있다. 파촉은 지금의 운남, 귀주, 사천 등으로, 지금도 야생 고차수가 분포되어 있는 지역이다. 이들 기록으로 볼 때 이미 3,000년 전에 차나무의 재배가 이루어졌고, 차로 가공하여 상품화하였음을 추측할 수 있다.

허황옥의 능

　그런 차가 일반에 널리 음용되기 시작한 것은 당나라 시대 이후의 일이다. 그러다가 송나라 때에는 이미 쌀이나 소금과 더불어 차가 없어서는 안 되는 생필품 가운데 하나로 자리를 잡았다.

　그렇다면 우리나라에 처음 차가 소개되고 사람들이 이를 마시기 시작한 것은 언제부터일까? 일설에 따르면 가야의 시조 김수로왕의 부인이 된 인도 출신의 공주 허황옥이 우리나라에 처음 차나무 씨앗을 들여왔다고 한다. 『삼국유사』에는 이들 부부의 국제결혼 이야기가 자세히 소개되어 있는데, 허황옥이 인도 출신인 데다가 차가 성행했을 것으로 여겨지는 중국의 남부지방을 거쳐 한반도로 왔기 때문에 당시의 풍습에 따라 틀림없이 차나무 씨앗을 예물로 가져왔을 것이라고 보는 것이다. 이때 심겨진 차나무의 후손들이 지금도 경남 김해지역에서 면면히 이어지고 있다는 것이 허황옥 전래설의 골자다. 상당히 합리적인 설명이지만 구체적인 기록이 없어 역사적 사실로 인정하기에는 아쉬움이 남는 설이다.

차에 대한 국내 최초의 기록은 『삼국사기』에 보인다. 이 책의 「신라본기」 가운데 '흥덕왕 3년(828) 조條'에는 '당나라에서 돌아온 사신 대렴大廉이 차 종자를 가져오자 왕이 지리산에 심게 하였다. 차는 선덕여왕 때부터 있었시만 이때에 이르러 성하였다'는 기록이 있다. 여기 등장하는 대렴이 중국에서 차나무 씨앗을 가져온 시기는 육우가 『다경』을 편찬할 정도로 중국에서는 이미 차가 중요한 음료로 널리 알려지고 본격적으로 차문화가 자리를 잡아가고 있던 때다. 중국에서 신라로 차가 전파되기에도 전혀 무리가 없는 시기였다.

하지만 이 기록에서 더욱 눈여겨볼 대목은 '선덕여왕(632~647) 때부터 차가 있었다'는 대목이다. 이를 곧이곧대로 해석하면, 대렴이 차나무 씨앗을 들여온 9세기가 아니라 7세기에 이미 우리나라에도 차나무와 차문화가 있었다는 얘기다. 그렇다면 대렴이 9세기에 들여온 것은 새로운 차나무 품종이거나 소문난 명차의 좋은 씨앗일 수도 있겠다. 왕이 이를 지리산에 심도록 명하였다는 대목 역시 시사하는 바가 크다. 이는 차나무 재배에 적당한 지역을 왕이 이미 알고 있었다는 얘기이고, 이는 당시의 차나무 재배 기술 수준이 상당한 경지에 있었음을 방증하는 것이다. 물론 이런 농사법의 수준은 차문화의 수준과 떼려야 뗄 수 없는 것이다.

차나무의 원산지를 둘러싼 논쟁 ✎

차나무의 원산지에 대해서는 학계에 다양한 주장이 있다. 원산지가 중국 하나라는 일원설一元論, 중국과 인도의 두 곳이라는 이원론二元論, 태국 북부, 미얀마 동부, 베트남, 중국 운남, 인도 아쌈 등 차나무가 생장하는 모든 지역이라는 '다원론多元論', 미얀마의 이라와디강 발원지 중심 지대나 중국의 운남, 서장 지역이라는 '절충론折衷論' 등이 대표적이다.

이 가운데 논쟁의 핵심에 놓인 것은 차나무의 원종이 무엇인가 하는 것이다. 1900년대 초에 이르러 인도의 대엽종大葉種과 중국의 소엽종小葉種은 각기 다른 종류의 원종原種이라는 점에서 원산지가 두 곳이라는 이원설二元說이 대두되었는데, 여전히 중국 일원설을 주장하는 사람들은 운남성 일대에서 자생하는 고려종皐廬種이 차나무의 유일한 원종이이라고 주장하고 있다. 어떤 근거로 이런 주장들이 나오게 되었을까?

먼저 인도 원산지 설을 보자. 영국은 인도를 식민지로 만든 뒤 동북부의 아쌈 지방에 차밭을 개발하려고 하였는데, 이 과정에서 영국군 브루스(R. Bruce)가 중국과 인도의 국경 근처인 사디야(Sadiya) 산 중턱에서 야생 대엽종 차나무를 발견하게 된다. 1823년의 일이다. 다음해인 1824년에는 그의 형 브루스(C. A. Bruce)가 다시 인도로 와서 시비사갈(Sibsagar)에서 역시 유사한 야생 대엽종 차나무를 발견한다. 이것이 유럽에 알려지면서 인도의 아쌈 지방이 차나무의 원산지라는 설이 나오게 되었다.

반면에 중국이 원산지라는 설은 이미 오래전부터 있었다. 중국에서는 일찍부터 대엽종 차나무가 발견되어 세상에 알려진 지 오래였고, 제다 및 음다 관련 기록도 풍부하게 남아 있었다. 예컨대 육우의 『다경』 외에도 『동군록桐軍錄』이나 송나라 매요신梅堯臣(1002~1060)의 시구 등 곳곳에 차를 마신 기록들이 남아 있다.

또 오래된 차나무, 이른바 고차수古茶樹들도 중국 각지에서 여럿 발견되었다. 먼저 1939년 귀주貴州 무천婺川 노응암老鷹岩에서는 높이 6.6m 정도의 대엽종 차나무 수십 주가 발견되었다. 1951년에는 운남성 맹해勐海에서 높이 3.5~4m의 차나무들이 발견되었다. 또 사천·운남·귀주 등지의 심산유곡에서도 모두 대량의 고차수들이 발견되었고, 심지어 복건·안휘·타이완에서도 발견되었다. 그러다가 1960년에는 운남성 맹해의 대흑산大黑山 원시삼림에서 초대형 차나무 한 그루가 발견되었는데, 그 높이가 무려 32.12m에 달했다. 밑동의 직경만도 1.03m에 달했으며, 수령은 약 천 수백여 년에 이르는 것으로 조사되었다. 이 고차수는 지금까지 발견된 차나무 중 단연 돋보이는 세계 최대의 차나무였다. 중국은 이 차나무를 일러 '차나무의 왕'이란 뜻으로 '차수왕茶樹王'이라고 부르게 되었다.

전해오는 이야기에 따르면 중국의 삼국시대(220~265년)에 제갈공명諸葛孔明이 남만을 정벌하기 위해 이곳에 왔을 때 사방의 산에 차나무를 심었다고 한다. 그 후 이곳 주민들은 공명을 다조茶祖로 모시고 이 산을 공명산孔明山이

교목 차나무를 키우는 윈난성의 차밭

라고 부르며 이곳에서 만든 차를 '보이차'라고 했다고 한다.

차나무는 중국의 운남성과 사천성 일대의 대엽종이 원종이며, 이것이 다른 지역으로 전파되었다고 보는 설이 가장 설득력이 있다. 대체로 많은 학자들도 중국의 운남성 일대에 자생하는 대엽종이 원종이라고 보고 있다.

차나무의 종류만 90가지?

학계의 연구에 의하면 차나무의 종류는 약 90여 종이나 된다. 그 대부분이 한국, 일본, 동남아, 중국 남부 내륙, 인도 등 온대 및 아열대 지역에 분포되어 있다.

이렇게 다양한 차나무는 크게 두 종류로 분류하는 것이 일반적이다. 온대지방의 소엽종과 아열대지방의 대엽종이 그것이다. 소엽종은 주로 관목이고 대엽종은 교목이 대부분이다.

대엽종 교목의 찻잎과 소엽종 관목의 찻잎은 그 기본 성질이 다르기에 이용 방법 역시 달라진다. 아무래도 고급차는 소엽종의 작은 잎으로 만들고, 찻잎의 성미가 비교적 강한 대엽종은 산화효소를 유도한 차로 만드는 것이 일반적이다. 그러나 이는 일반론일 뿐이다. 예컨대 관목인 소엽종의 찻잎으로는 주로 녹차를 많이 만들지만, 산화효소를 유도하여 여러 종류의 독특한 차도 다양하게 만들고 있다.

소엽종(bohea)

소엽종 차나무는 키가 그리 크지 않고 뿌리 부근에서 계속 새로운 싹이 올라와 다북다북 자라는 관목이다. 중국소엽종이라고도 하며 중국의 동남부와

다양한 크기와 모양의 찻잎들

한국, 일본, 타이완 등지에서 많이 재배된다. 낱 그루로 심으면 관목의 특징이 없어지고 2~3m 크기로 자라는 경우도 있다. 대체로 모아심기를 하며, 다원 풍경을 찍은 멋진 사진에서 보듯이 나름 조형미가 있는 아름다운 풍경을 만들기도 한다. 대량 생산에 알맞게 하거나 독특한 향기가 나게 하는 등 품종을 개량한 여러 수종이 재배되고 있다.

대엽종(macrophylla)

교목은 대체로 중국 서남부 보이현과 미얀마 국경지대 등에 분포되어 있고, '보이차'의 원료가 된다. 보이차는 보이현에서 만들었기 때문에 이런 이름이 붙었다. 현대에 와서는 보이현 뿐만 아니라 인근의 호북성湖北省과 사천성四川省 일대, 그리고 운남의 다른 여러 지역에서도 이런 대엽종 관목 차나

인도의 대엽종 찻잎

무를 재배하여 보이차를 만들고 있다. 지역에 따라 이름이 달라지기도 하니
이제는 보이차가 단순히 보이현에서 생산되는 차라기보다 교목 대엽종의 찻
잎으로 만드는 차의 대명사처럼 쓰이고 있다. 자연 상태의 대엽종은 잎이 약
간 둥글고 크며, 길이가 13~15cm, 넓이가 5~6.5cm 정도다. 나무의 높이는
5~32m 정도까지 자란다. 하지만 재배하는 교목은 과수원에서 하는 것처럼
가지치기를 하여 찻잎을 채취하기 쉽도록 만든다.

인도종

대엽종 교목이며, 인도의 아쌈, 매니프, 카차르, 루차이 지방에 분포되어 있다.

산종

라오스, 태국 북부, 미얀마 북부 지역에 분포된 교목이다.

꽃 필 때 열매가 익는 나무 ✿

차나무(Thea sinensis)는 자연 상태에서 소엽종의 경우 2~3m, 대엽종의 경우 15m까지 자란다. 이렇게 높이 자랄 경우 핀리나 찻잎 채취가 어렵기 때문에 다원에서는 가지치기를 하여 높이가 0.5~1m 정도가 되도록 한다. 우리가 여행지의 차밭에서 보게 되는 차나무는 이처럼 자연 상태의 나무가 아니라 가지치기를 한 나무이다.

뿌리는 아래로 곧게 뻗는데, 깊이가 2~4m에 이른다. 곁뿌리는 길이가 15~20cm이고, 가는 뿌리가 많다.

잎은 품종이나 위치에 따라 변이가 크지만, 어긋나고 길이 6~20cm, 폭 3~4cm의 긴 타원 모양이며 가장자리에 둔한 톱니가 있고 끝과 밑 부분이 뾰족하다. 단단하고 약간 두꺼우며 표면에 광택이 있다. 겨울을 나고 봄철에 새로 돋는 어린 싹은 부드러운 털로 싸여 있다. 품종에 따라 잎 빛깔의 진하고 옅음에 차이가 있고 주름에도 변화가 있으며, 빛깔은 주로 녹색이지만 어린잎에서는 자주색, 녹색을 띤 여린 노란색, 드물게는 흰색 등 여러 가지가 있다.

꽃은 우리나라에서는 10~11월에 흰색 또는 연분홍색으로 피고 잎겨드랑이 또는 가지 끝에 1~3개가 달린다. 꽃받침은 5각형이고 둥글며, 길이가

1~2cm이다. 꽃잎은 6~8개이다.

꽃이 진 자리에 생기는 열매는 다음 해 봄부터 자라기 시작하여 가을에 익기 때문에, 꽃과 열매를 같은 시기에 볼 수 있으므로 실화상봉수實花相逢樹라고 한다. 열매가 익으면 터져서 연꽃의 씨인 연자와 흡사한 갈색의 단단한 씨가 나온다.

씨를 가을에 심으면 그 다음해 6월 정도에 씩이 올라온다. 그만큼 발아가 늦다. 겨우내 잘 보관한 씨를 봄에 물에 담가두어 움트기를 기다렸다가 심기도 한다.

보통 관목인 소엽종은 모아심기를 하여 우리가 보던 다원의 풍경처럼 가꾸는 것이 대부분이다. 획일적으로 모아심기를 하지 않고 일정한 간격을 두고 자연스럽게 숲이 형성되도록 심는 경우도 있다.

차가 있는 힐링 여행

한눈에 보는 우리나라 차의 역사

신라시대

『삼국사기』는 차에 대해 이렇게 기록하고 있다.

> "[신라 42대 흥덕왕 3년(828)에] 왕명의 의하여 대렴大廉이 당唐으로부터 가져온 차 종자를 지리산 계곡에 심게 하였다. 차는 이미 선덕여왕(632~647) 시절부터 있어 왔는데 이때 이후 더욱 성행하였다."

흥덕왕의 명으로 차씨를 들여와 지리산에 심기 200여 년 전인 선덕여왕 때부터 차가 있었다는 것을 보면 이때 들여온 차는 명차가 나는 고장의 새로운 품종이 아니었던가 짐작할 수 있다. 왕이 새로운 품종을 들여올 정도이니 그 시대의 차문화가 상당히 높은 수준이었다는 사실도 짐작이 가능하다.

실제로 신라인들은 생활 속에서 차를 늘 곁에 두고 마셨는데 특히 국선國仙인 화랑들은 산천경계를 유람하면서 심신을 단련하고 차를 즐겼다. 실례로 강릉 한송정에 석정石井, 석구石臼 같은 유적이 아직도 남아 있다.

또 『삼국사기』「열전列傳」에 실린 설총의 〈화왕계花王戒〉에도 '왕이 차와

환송정 터에 세워진 김극기의 시비

약으로 정신을 맑게 하고 기운을 내야 간신들을 물리치고 좋은 정치를 할 수 있다'는 내용이 들어 있다. 그만큼 왕이나 화랑들의 수행에서는 차가 빠질 수 없는 귀한 것으로 여겨지고 있었음을 알 수 있다.

실제로 차는 잠을 쫓고 정신을 맑게 할 뿐만 아니라 명상을 하는 데에도 도움을 주므로 수행하는 승려, 수련하는 화랑花郎(귀족)과 낭도郎徒(평민)들은 늘 곁에 두고 이를 마셨으며, 대부분의 수련이 산이나 들에서 이루어지다보니 야외에서 마시는 다풍茶風이 성행하였다.

당시 그들이 자주 마시던 차는 『삼국유사』의 기록 등을 볼 때 말차沫茶, 곧 차를 갈아서 가루를 내어 마시는 형태였다.

고려는 우리나라 역사상 차문화
가 가장 융성했던 시기다. 왕이 손
수 말차를 제조할 만큼 왕실과 사
원에서 차를 중시하여 마셨고, 주
요 국가 행사는 반드시 주과식선酒
果食膳을 올리기 전에 임금께 먼저
차를 올리는 진차進茶 의식으로 시
작하였다.

궁중에는 차를 취급하는 관청인
다방茶房이 설치되었고, 사원에는
차를 재배하고 제조하기 위한 다
소촌茶所村이 있었으며, 저자거리
에는 다점茶店과 여행자 숙소인 다
원茶院이 있었다.

고려시대의 다기

궁중의 의식인 왕비책봉의王妃冊封儀, 공주하가의公主下嫁儀, 연등회 및 팔
관회 등 크고 작은 행사마다 진차례進茶禮를 하였다고 한다. 궁중에서 이러니
물론 여염집에서도 집안에 큰 행사가 있으면 다례를 하였다고 한다.

고려인들이 마시던 차는 잎차, 말차, 단차였는데, 이중에서 말차의 음용이
가장 성행하였다.

고려의 차문화가 발전함에 따라 더불어 활짝 피어난 것이 고려청자라고 할

수 있다. 비색의 자기 문화를 이루었던 청자는 3세기경 중국에서 시작되었는데 우리나라에서는 9세기 무렵부터 만들기 시작했다. 왕실, 귀족, 승려들과 나라 전체에 차 마시는 풍습이 확산되면서 도자기의 수요도 크게 증가하게되어 도자 문화가 발달하게 되었다.

고려시대의 가마터를 발굴해 보면 초기의 가마터에서는 의식용구나 생활도자기 위주로 발견되는데 고려 중기로 가면서 찻그릇들이 많아지고 12세기에는 상감청자라는 독특한 세조법이 개발되어 청자문화의 전성기를 맞이했음을 알 수 있다. 생산 품목도 찻그릇뿐만 아니라 매우 다양해서 고려하면 청자를 연상할 정도로 차문화와 더불어 도자문화의 전성기를 이루었다고 할 수있다.

조선시대

고려의 융성했던 차문화는 숭유억불僧柔抑佛 정책을 택한 조선조로 접어들면서 급격히 쇠퇴하였다. 차가 '불교의 상징'처럼 인식되던 시대 분위기와 더불어 차문화는 당연히 대중의 관심에서 멀어질 수밖에 없었다. 차례茶禮라는 말이 생길 정도로 차가 중요한 위치를 차지하고 있던 제사 의식에서조차 차가 밀려나고, 관혼상제에 쓰이던 차는 모두 술이나 청정수로 대체되기에 이른다. 조선 중엽에 이르러서는 억불에서 척불斥佛로 정책이 강화되면서 그나마 사원의 차로 명맥을 이어오던 차의 생산이 급격히 쇠락하게 되었다.

1592년에 시작된 임진왜란 7년을 겪으면서 나라는 피폐해졌고 백성들은 살아남기에 급급했는데, 명明이 전쟁을 도와준 대가로 요구한 세폐에 많은

해남 대흥사

양의 차가 포함되어 있었다. 차가 생산되는 우리나라의 남부 지역은 임진왜란의 주 피해지역인 데다가 차 수요의 감소로 차밭들이 피폐해진 상황인지라 이를 감당하기 어려웠다. 세금으로 인해 말할 수 없는 고초를 겪던 백성들이 급기야는 그나마 있던 차밭에까지 불을 지르는 지경에 이른다.

이처럼 어려운 상황이었지만 차의 명맥이 완전히 끊어지지는 않았다. 사원의 승려들과 중국에 유학을 다녀온 유학파 선비들 사이에서는 차를 마시는 풍습이 여전히 남아 있어 차 겨루기를 하고 차시茶詩를 서로 나누는 등 차를 마신 발자취가 지금도 전한다.

특히 다산 정약용과 추사 김정희, 다성 茶聖이라고 불리는 초의 스님은 쇠퇴한 조선의 차문화 속에서도 근대 차문화 발전의 초석을 쌓은 매우 중요한 인물들이었다.

근대

일제강점기에는 일본인들이 본국으로 수탈해가기 위하여 차밭을 만들고 근대적인 농법을 시삭하였다. 광주 무등산의 무릉다원, 정읍의 소천다원, 보성의 보성다원 등이 이 시대에 만들어졌다. 일본인이 처음 경영한 다원은 무등산의 무릉다원이었는데, 고향인 일본 돗토리 현에서 차를 만들던 경험이 있는 오자키 씨가 1912년부터 증심사 부근의 야생 차밭을 가꾸어 다원으로 개발했다. 안타깝게도 우리나라 최초의 기업적 다원이 바로 이 무릉다원이다.

이런 와중에도 강진 지역에서는 백운옥판차 및 금릉월산차 등이 우리나라 사람에 의해 제조되고 판매되었다. 백운옥판차란 강진군 성전면 월남리 백운동에서 생산된 옥판차라는 의미로, 이것이 국내 최초의 제품명을 갖춘 상품용 차였다. 이름처럼 네모지게 판형으로 찍은, 벽돌 모양의 전차塼茶였다.

해방 후에는 일본인들이 두고 간 차밭이 있었지만 살아가기에 급급한 형편이어서 누구도 이를 돌보기 어려웠고, 결국 차 산업은 일시에 쇠락하고 만다. 여기에 전쟁까지 일어나면서 우리의 차 산업과 문화는 돌이키기 어려운 타격을 입고 말았다.

그런 세월이 한동안 지속되었다. 남부지방의 차밭이 있는 사원에서는 스스로 승려들의 수행에 필요한 차를 만들어 사용해 왔지만, 이는 어디까지나 사

강진의 다원으로, 백운옥판차 등이 생산되던 지역이다.

원 내부의 일로 일반인들이 이를 접하기는 어려웠다. 1970년대 중반이 되어서야 생활이 조금씩 나아지고, 그러다보니 문화를 찾게 되면서 차문화도 서서히 제 모습을 다시 갖추게 되었다.

한국인은 언제부터 차를 마셨을까?

우리나라에 차가 언제 어떤 경로로 들어왔는가 하는 문제에 대해서는 여러 가지 설이 있다. 대표적인 것이 대렴 전래설, 허황옥 전래설, 불교 전래설, 자생설 등이다.

대렴 전래설은 앞서 소개한 『삼국사기』 '흥덕왕조'의 기록에 바탕을 둔 설명이다. 기록에 명백히 '대렴이 중국에서 차 종자를 가져왔다'고 되어 있으므로 대렴이 한반도에 처음 차를 가져왔다는 주장이다. 이렇게 들여온 차 종자는 '왕명으로 지리산에 심게 했다'고 하는데, 여기 나오는 지리산은 경남 하동 쌍계사 일원 화개 골짜기라는 주장과 구례 화엄사 장죽전이라는 주장이 대립하고 있다. 화개에는 우리나라의 '차 시배지'가 바로 이곳이라는 기념비가 세워져 있기도 하다.

그런데 똑같은 기록의 뒷부분에서는 '차는 선덕여왕 때부터 있었다'는 구절도 보인다. 이를 근거로 판단하면 대렴이 가져온 차 씨앗은 중국의 신품종이었을 가능성이 있고, 이것이 우리나라 최초의 차나무가 되었다고 보기는 어렵다. 결과적으로 우리나라 차 시배지를 둘러싼 논쟁 자체가 무의미하다는 주장도 제기되고 있다.

허황옥 전래설은 인도 아유타국의 공주였던 허황옥이 가야의 김수로왕에게 시집을 오면서(48년) 차 종자를 함께 가져왔다는 설명이다. 우리나라에서 자라는 대부분의 차나무들이 중국의 소엽종과 같은 작은 잎의 차나무인데 반하여, 가야의 근거지였던 지금의 김해 지역에서 종종 인도의 잎이 큰 차나무들이 발견되면서 이런 주장을 뒷받침하고 있는 듯하다.

요즈음 허황옥에 대한 재미있는 이야기들이 많이 밝혀지고 있는데, 조선시대에 세워진 수로왕비의 비문에 나오는 '보주태후普州太后'의 '보주'가 중국 사천성 안악을 지칭하는 옛 지명이라는 점도 밝혀졌다. 사천은 운남과 같이 지금도 중국차의 주 생산지임은 말할 것도 없고, 그곳이 중화민국에 의한 집성촌 해체 전까지 허씨들의 집성촌이었다고 하니 매우 흥미롭지 않을 수 없다. 허황옥이 보주에서 살다가 수로왕에게 시집을 왔다면, 당시의 풍습에 따라 차 씨를 가지고 왔을 가능성이 높다고 할 수 있다.

불교 전래설은 고대 불교의 전파 경로를 따라 차도 같이 한반도에 전해졌을 것이라는 설명이다. 이는 불교와 차가 떼려야 뗄 수 없는 불가분의 관계이고, 스님들의 일상에서 차는 곧 다반사라 항시 곁에 두고 마시는 것이기에 그렇다는 주장이다. 부침이 심했던 현대사 속에서도 남부 일원의 절집에 차밭들이 남았던 사실에서도 불교와 차의 이런 뗄 수 없는 관계를 확인할 수 있다.

불교 전래설에 의하면 고대 3국 중 고구려는 차나무가 자랄 수 없는 환경의 지역이니 불교의 유입 경로와 차나무 유입은 관계가 없었겠고, 4세기경 불교를 가장 먼저 받아들인 백제에서 가장 먼저 차문화가 시작되고 차나무

사찰의 차밭. 어려운 시절에도 사찰의 차생활은 면면히 이어져 오늘의 차문화를 이루는 데 바탕이 되었다.

재배도 시작되었을 것으로 추정할 수 있겠다.

자생설은 한반도의 차나무가 특별히 다른 곳에서 전해진 것이 아니라 본래부터 자생하고 있었다는 설명이다. 아주 오래전, 중국과 우리나라 사이에 있는 서해가 육지였던 시절에, 차나무가 현재의 중국 대륙은 물론 한반도 지역에서도 원래부터 자라고 있었을 것이라는 주장이다.

어리고 여린 차가 왜 더 비쌀까?

중국차를 분류할 때는 6대다류니 10대명차니 해서 여러 기준을 세워 수많은 차들을 분류한다. 하지만 불행하게도 우리나라는 녹차 아니면 황차, 이렇게 단순하다. 근래에 들어 여러 가지 제다법으로 새로운 차를 만드는 시도를 하고 있지만 아직은 지방 특산품 정도로 치부되는 정도다. 장흥의 '청태전'이나 담양의 '죽로차'가 좋은 예라고 할 수 있다. 이렇게 차가 생산되는 지역마다 그 지방의 독특한 차를 개발하거나 옛 차를 복원하여 특화를 시작했으니 가까운 미래에 우리도 다양한 차를 여러 기준으로 분류할 수 있을 테지만, 현재로서는 녹차를 분류할 수밖에 없고, 더 정확히 말하자면 녹차 찻잎의 품질을 분류할 수밖에 없다.

우리 녹차의 품질을 말할 때는 보통 우전, 세작, 중작으로 구분을 한다. 우전이란 절기상 곡우穀雨인 4월 20일 이전에 난 잎으로 만든 차라는 말이다. 세작이나 중작이란 말 그대로 만든 잎의 크기를 일컫는 것이다. 그러니 찻잎 채취 시기를 기준으로 삼은 우전과, 찻잎 크기를 기준으로 삼은 세작이나 중작은 서로 일대일로 비교될 수 없는 것이다.

우리나라의 경우 최근 몇 년 사이에 기후가 많이 변해서 찻잎의 생장이 이른 곳에서는 4월 5일 이쪽저쪽에 벌써 찻잎을 딴다는 소식이 전해져 차 만드는 사람들의 마음을 바쁘게 한다. 몇 년 전보다 약 일주일에서 열흘 정도 변화가 있다.

아열대 지방에는 1년에 10여 차례 이상 찻잎을 따는데 우리나라에서는 적게는 세 차례 많게는 가을차까지 네 차례 정도 찻잎을 딸 수 있다. 기계 제다를 하는 대규모의 농장에서는 차나무 가지치기를 해서 두어 차례 더 수확할 수 있도록 유도하기도 한다.

차나무는 겨울에 이미 작은 싹 눈을 가지고 있다. 이 싹은 아주 가는 흰털에 싸여 있다가 기후가 적절하면 자라게 된다. 이것으로 만든 차가 첫물차로, 기후가 맞아 곡우 전에 싹이 터 만든 차를 두고 우전차라고 하는 것이다. 이런 우전차가 나는 곳은 그 지역이 한정되어 있다. 같은 화개동 지역이라도 지대가 높은 곳이나 골짜기 안쪽에 있는 차는 많게는 열흘 정도 차이가 나는 곳도 있다.

첫물차의 경우 처음에는 잘 모르나 제다가 마무리될 무렵이 되면 마른 찻잎이 대부분 흰털로 싸여 있고, 마지막 마무리 과정에서는 찻잎을 싸고 있던 이 흰털들이 온통 노랗게 변색된 털이 되어 날리는 것을 볼 수 있다.

차를 분류함에 있어 잎의 크기를 기준으로 삼은 것이 언제부터였는지 모르지만, 아마도 기계로 만드는 대규모 공장이 들어서면서였을 것으로 생각된다. 그러나 차의 품질을 잎의 크기로 구분하는 것은 크게 의미가 없다. 찻잎을 딸 때 잎의 크기는 임의로 얼마든지 조절할 수도 있고, 어떤 곳에서는 큰

잎을 골라내는 것인지 작은 잎을 골라내는 것인지 모르나 채로 밭쳐 그 크기를 분류하는 곳도 있다. 문제는 그렇게 골라낸 작은 잎의 차가 큰 잎의 차보다 높은 가격으로 팔려 나가는 현실에 있다.

차는 찻잎의 크기로 구분하기보다는 곡우 전에 만든 우전 첫물차, 곡우 이후에 만든 첫물차, 두물차, 여름차, 가을차, 이렇게 나누는 것이 보다 합리적이다. 만드는 이의 솜씨에 따라 차이가 나겠지만 한 솜씨로 만들었을 경우 각각의 차 맛이 녹특하다.

우전차를 두고 어리디 어린 것으로 차를 만들면 비려서 어떻게 좋은 차가 되겠느냐고 하는 이들이 있지만, 만들어본 경험에 따르자면 찻잎이라도 곡우 전에 딴 찻잎과 곡우 이후에 딴 잎은 그 차이가 며칠 안 되어도 차로 만들면 그 품질의 차이가 많이 난다.

곡우 전 첫물차는 봄이 오기 전에 준비되었다가 솟아 오른 싹이라서 그런지 비교적 쓴 맛과 떫은맛이 적어 차를 만들면 향이 온화하고 고급스러우며 맛은 단맛이 많고 부드럽기 그지없다. 같은 첫물차라고 하여도 곡우 이후에 딴 찻잎으로 만들었을 경우에는 일조량의 차이 때문인지 맛과 향이 그보다 진하고 비교적 강하다.

두물차의 경우에는 잎의 형성에서부터 크게 차이가 있다. 두물차는 첫물차를 따낼 때 솟은 차 눈이 이후에 자라난 싹으로, 첫물차보다 맛과 향이 더 진하다.

이 땅에서 삶을 영위하고 있는 모든 생물들은 햇빛과 무관한 것이 하나도 없다. 더구나 식물이 성장하는데 필요한 거의 모든 에너지는 햇빛에 의존한다고 해도 과언이 아닐 것이다. 찻잎의 맛과 향 성분들도 햇빛에 의하여 조합되는 것이 너무나 당연한 것인데, 일조량에 따라 맛의 변화가 무궁하다는 것은 상식적으로도 틀린 말이 아니다.

차 싹이 여름에 한 번 더 올라오고 마지막으로 가을 문턱인 8월말에서 9월 초 사이에 다시 싹이 올라온다. 이것으로 만든 차를 두고 가을차라 하는데 시기에 따라 같은 밭의 찻잎이라도 독특한 차로 태어난다.

차 마시는 사람들마다 제각기 취향이 다르니 어느 차가 좋다 나쁘다 단도직입으로 말하기는 어렵다. 다만 차를 만드는 입장에서 내 나름의 찻잎 선택 기준은 있다. 1년에 한 번, 단 하나의 찻잎으로만 차를 만들 수 있다면, 나는 곡우 전 남향의 햇볕 잘 든 산에서 딴 찻잎으로 하겠다. 사람들은 채 여물지 않은 어린잎으로 차를 만들면 찻잎이 가지고 있는 약성이 떨어지지 않겠느냐고 하지만 내 생각은 다르다.

차가 우리 몸에 좋다지만, 차를 약으로 마신다면 그것은 이미 차가 아닌 약이다. 그런데 아무리 차가 몸에 좋아도 약만큼 좋을 수는 없다. 약 대신 차를 마시는 건 어리석다. 건강에 문제가 있다면 차보다는 약을 먹어야 한다. 유사한 예로, 이웃 나라 일본에서는 찻잎에 들어 있는 카테킨 성분이 몸에 좋다고 하여 차에서 카테킨 성분만 추출해 캡슐에 담아 팔기도 한다. 그거 한 알 먹는 것이 차 몇 잔에 대겠는가.

차는 차로서의 맛과 향을 우선해야 한다.

요즘 가루차를 마시면서 잎차로 마시면 차가 가지고 있는 성분을 다 섭취하지 못하는데 가루차를 마시면 100% 차의 성분을 다 섭취할 수 있어서 가

허황옥이 가져온 차씨를 심었다고 전해지는 김해의 차밭골

루차를 마신다는 웃지 못 할 이야기를 자신만만하게 하는 사람들이 있다. 이렇게 이야기하는 사람은 차를 차로서 즐기는 사람이 못 된다. 결국은 가루차도 제대로 즐기지 못하는 사람이라는 사실을 자신의 입으로 발설하는 꼴이고, 차가 주는 가치 있는 효능을 얻지 못한 어리석은 사람이라고 할 수 있다. 차는 우리 몸에 좋다. 하지만 차를 마신다는 것은 차가 주는 무기물질적인 약성 때문에 마시는 것이 아니다. 어느 것으로도 대신할 수 없는 차가 가지고 있는 정서를 마시는 것이다.

차를 마시는데, 몸에도 이러저러한 점이 좋더라 하고 느끼고 말하는 것이 진정 차 마시는 사람의 바른 자세일 것이다.

차의 분류 ✤✤✤✤✤

　요즘 들어 체감할 수 있을 정도로 더 급격하게 기후가 변하고 있다. 옛 기록은 기록으로서 의미가 있으니 그렇게 이해하고 보면, 실제로 얼마나 기후가 달라졌는지 실감할 수 있다.

찻잎 수확 시기에 의한 차의 분류

첫물차　양력 4월 초(곡우)~5월 상순

두물차　양력 5월 중순~6월 상순

여름차(세물차)　양력 6월 중순~7월

가을차(끝물차)　양력 8월 하순(처서)~9월 상순(백로)

잎의 크기에 의한 차의 분류

세작細作　곡우에서 입하 무렵에 딴 잎으로, 잎이 다 펴지지 않은 창槍과 기旗만을 따서 만든 차

중작中雀　잎이 좀 더 자란 후 창槍과 기旗가 펴진 잎을 한두 장 함께 따서 만든 차

대작大雀 혹은 하작下雀　중작보다 더 잎이 핀 것으로 만든 차

찻잎 수확 시기에 의한 차의 옛 이름

작설차雀舌茶 　곡우 전후(양력 4월 첫 수확 이후)~입하인 5월 6일에 만든 차

입하차立夏茶 　입하 때(양력 5월 6일~5월 8일) 만든 차

사전차社前茶 　춘분 전후 술戌일 이전(양력 3월 20일경)에 만든 차. 우리나라의
　　　　　　　　경우 기후 때문에 이 시기에 차를 만든 경우는 없다고 할 수
　　　　　　　　있다. 중국의 사천이나 운남 등 아열대 기후에 속하는 지역의
　　　　　　　　예이다.

기화차騎火茶 　한식 때(4월 5~6일, 동지 후 105일인 禁火) 만든 차

매차每次 　망종 때(6월 5~7일) 만든 차

추차秋茶 　입추(8월 8일)와 상강(10월 3일) 사이에 따서 만든 차

납차臘茶 　동지 후 셋째 납일(음력 12월)에 따서 만든 차

유차孺茶 　섣달(음력 12월)에 따서 만든 차

* 기화차, 매차, 납차, 유차의 경우는 중국의 옛 문헌에 보인다.

구례와 하동의 봄 풍경 🌿

우리나라의 주요 차 생산지

모든 식물들은 그 식물이 자랄 수 있는 최적의 환경을 가지고 있다. 가장 적응하기 좋은 환경에는 한 종류의 식물들이 군락을 이루고 있는 것을 종종 볼 수 있는데, 그런 곳이 그 식물이 자라기에 가장 적합한 환경이란 것은 너무도 당연한 이야기다.

차나무는 멀리 인도 지역에서부터 우리나라 남부 지역까지 널리 분포되어 있는데, 우리나라의 경우 제주를 포함해 남부 일원, 충청남도와 전라북도 일부 지역에서 자라고 있다. 원래 아열대식물군에 속하는 차나무는 추위에 민감해 연평균 최저 온도가 영하 1도에서 영하 6도가 넘지 않아야 하고 그런 차가운 온도가 일주일 이상 지속되지 않아야 한다. 우리나라에서는 전라남도와 경상남도, 제주도, 전라북도 일부 지역, 경상북도 일부 지역이 차나무를 재배할 수 있는 적당한 기후라고 할 수 있다. 특별한 경우이기는 하지만 강원도 화진포 해수욕장 인근 고성군 현내면 산학리에 2,000여 평의 차밭이 조성되어 현재 차 생산을 하고 있다. 이는 차나무의 북방한계선이라기보다는 그 지역의 해양성 기후와 차밭이 조성된 곳의 지리적 특성이 맞아 떨어진 예외적인 경우라고 할 수 있다. 고성보다 더 북쪽인 북한에서도 차나무를 재배하

제주도의 다원

여 녹차와 홍차를 생산하고 있다고 하는데, 구체적인 실상은 잘 알려져 있지
않다.

현재 우리나라에서 차 생산이 가장 많은 곳은 보성을 중심으로 한 전남 지
역, 해남 대흥사 일원, 순천 선암사 일원, 송광사 일원과 하동을 중심으로 한
경남 지역과 제주도 등이다. 그밖에 담양(죽로차), 정읍, 고창 선운사 일원, 변
산반도 등 소규모일지라도 곳곳에서 생산되고, 경남에서는 사천과 산청, 밀
양, 김해, 부산 금정산 일원, 양산 통도사 일원, 경주 기림사 일원 등에서 차가
생산된다.

화개와 구례는 섬진강을 주 강으로 둔 지역이다. 어느 시기에 가나 섬진강 변의 길은 아름답기 그지없다. 특히 아름다운 계절은 꽃이 피기 시작하는 봄 인데, 해마다 3월 10일경이면 구례에서는 산수유, 광양에서는 매화꽃 축제가 열린다.

매화와 산수유 꽃이 바람에 비처럼 날릴 때가 되면 하동과 구례에서는 벚 꽃이 피기 시작한다. 벚꽃은 화개 골짜기 10리 벚꽃길이 장관이다. 골이 깊어 피는 시기가 조금 늦지만 벚꽃 필 무렵이라면 화엄사의 흑매 소식을 알아보 았다가 가보는 것도 좋다. 매화 좋아하시는 분들이 화엄사 흑매를 보려고 해 마다 벼르는 만큼, 때를 잘 맞추면 뜻밖의 선물을 받는 기분일 것이다. 고찰 화엄사나 흑매를 보러 가는 길이라면, 개울 건너에 있는 장죽전長竹田 차 시 배지를 둘러보는 것도 의미가 있다. 깊은 소나무 숲과 울창한 대나무밭이 있 어 '진(긴) 대밭' 즉 장죽전이라 이름 붙인 차밭이 이곳에 있다. 많이 알려지진 않았지만 화개와 차 시배지를 놓고 '어디가 진짜냐?'라는 논쟁을 벌이는 곳 이 바로 이곳이다.

구례 화엄사는 화엄 10찰의 중의 하나로 인도 출신인 연기조사가 창건한 절이라고 전해지고 있다. 기록에 의하면 연기조사는 인도에서 건너올 때 차 씨를 가져와 심었다고 한다.

각황전 서남쪽의 높은 대臺 위에는 국보 제35호인 구례 화엄사 사사자 삼 층석탑과 석등이 있다. 이 석탑의 사방에는 머리로 석탑을 받치고 있는 네 마 리의 사자와, 그 중앙에 합장을 한 채 머리로 탑을 받치고 서 있는 승상僧像이 있다. 이는 연기조사의 어머니인 비구니의 모습이라고 전하며, 석탑 바로 앞 석등의 아래쪽에도 꿇어앉은 한 승상이 조각되어 있는데, 이는 불탑을 머리에 이고 서 있는 어머니에게 효성이 지극한 연기조사가 석등을 머리에 이고 차 공양을 올리는 모습이라고 한다.

이들 석탑과 석등은 그 능숙한 기법과 균형 있는 조형미로도 주목되지만, 그 특이한 형태는 더욱 눈길을 끈다. 이 사사자 석탑은 창건주 연기의 효성을 나타낸 것이기에 효대孝臺라고 불리기도 한다. 원통전 앞에는 네 마리의 사자가 이마로 방형方形의 석단石壇을 받치고 있는데, 이를 흔히 원통전 앞 사자탑(보물 제300호)이라고도 한다.

벚꽃이 바람에 꽃잎을 날리기 시작하면 낮에는 차밭마다 찻잎을 따는 사람들이 분주하고 밤이면 밤을 새며 차를 만드느라 농가의 불빛이 꺼지지 않는다. 차를 만들기 시작하는 것이다. 골짜기마다 만드는 시기가 조금 차이가 나기는 하지만 햇차를 기대하신다면 곡우 절기인 4월 20일 언저리에 여행 일정을 잡으면 햇차를 가장 먼저 맛볼 수 있다.

화개보다 약간 북쪽에 있는 구례는 아무래도 화개보다 차 만드는 시기가 늦기는 해도 차가 많이 나는 고장이다. 차 경기가 좋을 때는 화개 및 보성과 함께 우리나라 3대 차 생산지로 꼽혔던 곳이다. 지금은 차 경기의 후퇴로 손을 놓고 있는 농가가 많으나, 아직도 피아골을 중심으로 적잖은 차가 생산되고 있다. 피아골과 화개골은 지리산 지류인 산 하나 사이로, 북쪽 너머는 피아골이고 남쪽이 화개골이다. 지금도 맘만 먹으면 옛 길을 걸어 피아골에서

화엄사 사사자삼층석탑과 석등

산을 넘어 칠불사에 갈 수 있으니 많이 가깝다고 할 수 있다

　차 시배지 하면 먼저 떠오르는 것이 아무래도 경남 하동 쌍계사 일원, 화개 골짜기다. 이곳 화개는 보성과 함께 사람들에게 가장 많이 알려져 있는 차 생산지다.

　화개골에 들어서면 계곡을 사이에 두고 차밭들이 산등성이를 따라 길게 이어진다. 사람 손이 닿을 수 있는 곳이면 어디든 거의 차밭이 조성되어 있다. 동천을 끼고 골짜기 양쪽으로 한쪽은 십리 벚꽃길인 옛길이고, 건너에도

화개의 차 시배지에 세워진 비석들

새로운 길이 나 있다. 새로운 길을 따라가다 보면 시배지에 도착하게 되는데 누구에게 물어볼 것도 없이 시배지 비가 먼저 나와 맞이한다. 길 위쪽으로 시배지 기념 차밭이 있고 길 아래쪽으로는 넓은 공간이 보이는데, 그곳이 해마다 5월이면 열리는 하동 야생차 축제 행사장이다. 차 축제 행사장에는 차 박물관이 있다.

쌍계사에 들렀다가 다시 골짜기를 따라 올라가면 가야 불교의 중심에 있던 칠불사가 나온다. 칠불사는 차와 인연이 많은 절로, 허황옥과 김수로왕의 일곱 왕자 이야기가 아니더라도 초의 스님이 『다신전』 초고를 쓴 곳으로도 유명하다. 칠불사 아래의 쌍계사雙磎寺는 신라 성덕왕 21년(722) 대비大悲, 삼법三法 두 화상이 선종禪宗의 육조六祖 혜능 스님의 정상을 모시고 귀국하여 세운 절이다. "지리산 설리갈화처雪裏葛花處(눈 쌓인 계곡 칡꽃이 피어있는 곳)에 봉안하라"는 꿈의 계시를 받고 호랑이의 인도로 이곳을 찾아 절을 창건했다고 한다. 그 뒤 문성왕 2년(840) 중국에서 선종의 법맥을 이어 귀국한 진감眞鑑 선사가 퇴락한 삼법 스님의 절터에 옥천사玉泉寺라는 대가람을 중창하여 선의 가르침과 범패梵唄를 널리 보급하였으니 후에 나라에서 '쌍계사'라는 사명을 내렸다. 그간에 벽암, 백암, 법훈, 만허, 용담, 고산 스님의 중창을 거쳐 오늘에 이르는 동안 고색창연한 자태와 웅장한 모습을 자랑하고 있다.

쌍계사에는 국보 1점(진감국사 대공탑비), 보물 3점(대웅전, 쌍계사 부도, 팔상전 영산회상도)의 국가지정 문화재와 일주문, 금강문, 천왕문, 청학루, 마애불, 명부전, 나한전 등의 많은 문화유산이 있다. 칠불암, 국사암 등의 암자가 있으며, 조계종 25개 본사 중 제13교구 본사이기도 하다.

쌍계사는 여러 문화재 외에도 차와 인연이 깊은 곳이다. 쌍계사 입구 근처에는 '차시배추원비茶始培追遠碑'가 있고, 화개에서 쌍계사로 이어지는 벚꽃길에도 '차시배지茶始培地' 기념비가 있다.

하동에 가면 화개골의 차밭에 홀려 그냥 스쳐 지나가기 쉬운 곳이 하나 있다. 바로 경상남도 기념물 제24호인 백련리 도요지다. 사기마을과 마을 뒷산에서 4개의 가마터를 발굴해 냈는데, 이중 1기는 통일신라시대의 것이고 나머지 3기는 분청사기와 백자를 굽던 조선시대의 가마이다. 16세기에서 17세기 전반 무렵에 걸쳐 분장, 분청, 백자, 상감백자, 철화청자 등을 굽던 가마터다.

특히 임진왜란 때 일본은 이곳의 도공들 대부분을 일본으로 납치해 가고 많은 도자기를 강탈해 갔는데, 후에 일본인들은 이곳의 옛 지명인 '문골'을 '이도井戸'라 불렀으며 일본의 찻그릇으로 유명한 '정호다완'을 그들의 국보로 지정하여 세계적인 보물로 여기고 있다. 이 도요지는 임진왜란 때 우리 도공들을 납치하여 생산한 정호다완의 기원지로, 국내뿐만 아니라 일본에서도 주목받고 있는 중요한 유적이다.

하동군은 매년 5월 25일 차의 날을 전후해 열리는 차 문화 축제와 연계하여 이곳 백련리 도요지에서 도예淘藝와 백련지白蓮池를 주제로 찻사발 축제를 개최하고 있다.

다산, 초의, 추사의 차 한 잔

다산과 혜장선사

다산은 1762년에 현재의 경기도 남양주시 조안면 능내리에서 진주목사를 지낸 아버지 정재원(1730~1792)과 서화가로 유명한 공재 윤두서의 손녀인 해 남윤씨 사이에서 태어났다.

22세 때(1783) 진사 시험에 합격하여 성균관에 들어갔고, 1789년 문과에 급제하여 관직에 입문하게 된다. 승승장구하던 다산은 정조가 승하하고 순조가 즉위하면서 생애 최대의 위기를 맞는다. 다산은 천주교에 깊은 관심을 가지고 있었는데, 신유사옥辛酉邪獄(1801)이라는 천주교 탄압 사건에 천주교인으로 지목되어 유배형을 받게 된 것이다.

여러 곡절 끝에 강진으로 유배를 가게 되어 처음에는 동문 밖 주막집에서 기거하게 된다. 다산은 나중에 이 집에 사의재四宜齋라는 당호를 붙였다. 그러다 유배 5년째 되던 1805년 가을에 인근 만덕사(현 백련사)에 갔다가 아암 혜장兒菴惠藏(1772~1811)선사를 만나게 된다. 그해 혜장 선사의 주선으로 만덕사의 말사인 고성사로 거처를 옮겨 보은산방寶恩山房이라 이름 짓고 기거하게 된다.

이곳에 있을 때 다산은 혜장 스님에게 〈걸명소乞茗疏〉를 보내는데, '차를 비는 편지'인 이 〈걸명소〉를 통해 다산의 차 생활이나 혜장 스님과의 친분이 어떠했는지 잘 알 수 있다.

〈걸명소〉

– 을축년(1805) 겨울, 아암선사에게 드림

나는 요즘 차만 탐식하는 사람이 되어 겸하여 약으로 마신다오. 책으로 육우의 『다경』 세 편을 완전히 통달하고, 병든 숫누에(다산)는 노동盧仝(795?~835)의 칠완다七碗茶를 들이킨다오. 비록 기력이 쇠약하고 정기가 부족하여도 기모민綦母旻(당나라 사람)의 말을 잊지 않았고, 막힌 것을 삭이고 헌 데를 다 낫게 하니, 이찬황李贊皇(787-849)의 차 마시는 버릇이 생겼다오. 아! 아침 햇살이 피어날 때, 뜬구름이 희게 날 때, 낮잠에서 막 깨어났을 때, 명월이 시냇물에 드리워져 헝클어져 있을 때 끓는 찻물은 가는 구슬과 눈[雪]처럼 날아오르며 자순차의 향기를 드날리네. 생기 있는 불과 좋은 샘물로 들에서 차를 달이니 흰 토끼의 맛이 난다네. 꽃 자기에 붉은 옥 같은 다량의 화려함은 비록 노공[文彦博]에게 양보하여도 돌솥에 푸른 연기로 소박한 것은 한비자에 가깝다네. 옛사람들은 끓는 물방울을 보고 게 눈이니 물고기 눈이니 하며 무척이나 좋아했고 궁중에서 쓴 용단 봉단은 이미 다 없어졌다네. 산에 땔나무 하러 못 가는 걱정(와병 중임)이 있어 차를 얻고자 하는 뜻을 전하오. 듣건대 고해를 건너는 데는 보시를 가장 중히 여긴다는데, 이름난 산의 고액膏液이며 풀 중의 영약으로 으뜸인 차는 그 제일이 아니겠는가. 목마르게 바라는 뜻을 헤아려 빛과 같은 은혜를 아끼지 말기 바라네.

〈乞茗疏〉乙丑冬 贈兒菴禪師

旅人近作茶饕 밀食 書中妙辟 全通陸羽之三篇 兼充藥餌 病裡雄鸞 遂竭盧仝之七椀

雖浸精瘠氣 不忘蔡 母罌之言 而消壅破煩 終有李贊皇之癖水 自乎 朝華始起 浮雲晶晶

於晴天 午睡初醒 明月離離乎碧澗 細珠飛雪山燈 瓢紫筍之香 活火新泉野席 薦白包之味

花瓷紅玉繁華 雖遜於水路公 石鼎青煙澹素 서乏於韓子 蟹眼魚眼 昔人之玩好徒深 龍團

鳳餅內府之珍頒已罄 茲有采薪之疾 聊伸乞茗之情 竊聞苦海津梁 最重檀那之施 名山膏

液 潛輸瑞草之魁 宜念渴希 母心 堅波惠 .

다산초당

다시 3년 뒤인 1808년, 다산은 윤단의 초당草堂으로 자리를 옮겼으니, 이
곳이 다산초당이다.

다산초당은 강진군 도암면 만덕리 귤동 마을에 살던 해남윤씨 집안의 귤
림처사橘林處士 윤단이 지은 산정山亭이었다. 다산의 어머니는 조선시대 3재
의 한 명인 공재恭齋 윤두서尹斗緖의 손녀이고, 윤두서는 고산孤山 윤선도尹善
道의 증손이다. 귤동마을의 해남윤씨는 바로 그들의 후손이니, 다산에게는 외
가로 먼 친척이 된다. 그런 인연으로 윤단은 다산을 만덕산 기슭의 초당에 모
셔다 자신의 아들 윤문거尹文擧를 비롯한 3형제에게 학문을 가르치도록 하였
다. 그 소문이 퍼져 나중에는 18명이나 되는 제자들이 다산초당으로 몰려들
어 배움을 청하게 된다.

만덕산 기슭의 초당으로 옮겨온 뒤, 다산은 초당 서쪽에 제자들을 가르치
는 서암西庵을 짓고 동쪽에는 자신이 거처하며 저술 활동을 할 동암東庵을 지

었다. 그리고 다산초당 옆에는 연못을 만들고, 나무에 홈을 파서 계곡의 물을 끌어와 그 못에 떨어지게 하였다. 만덕산 앞으로 흐르는 탐진강에서 돌을 주워다 연못 가운데 섬처럼 산을 만들고 그 산의 이름을 연지석가산蓮池石假山이라 하였다. 못 주변에는 백일홍과 대나무를 심었다.

강진군 귤동마을 다산기념관 뒤로 산길을 따라 10여 분 정도 올라가면 초당 앞에 다다르게 된다. 다산이 18년 유배 기간을 보내며 『목민심서』, 『경세유표』, 『흠흠신서』 등 500여 편이 넘는 책을 쓴 곳이 바로 이곳이다. 초당 옆으로 흐르는 계곡의 물을 끌어다가 연못을 만든 멋은 자신에게 주어진 절망적인 여건 속에서도 행복을 이끌어내던 다산의 지혜를 느끼게 한다. 다산초당 왼쪽으로 돌아가면 산 쪽으로 작은 샘이 있다. 돌로 올려 쌓은 작고 소박한 샘이다. 바닥에는 모래처럼 가루가 된 운모석과 정갈하고 푸른 이끼가 보인다. 사람들은 이 샘을 보고 약천藥泉이라고 한다. 이 물로 다산과 그의 문하생들은 차를 마셨을 것이다. 혜장 스님이나 초의 스님과도 차를 마시며 세상 돌아가는 이야기와 서로가 가지고 있는 학문을 이야기하며 밤을 지새웠을 것이다.

샘물을 떠서 한 모금 마시니 가슴이 시원해진다. 200여 년 전 그들은 여기에 있었다. 서로 마음을 열고 이 물로 차를 마셨으리라. 삶이라는 짧지 않은 여정에서 좋은 벗 하나 만난다는 것이 얼마나 어려운 일인지, 나이를 먹어가면서 새삼 느껴지는 요즘이다. 그런데 다산은 불행한 여건 속에서도 위로를 받고 서로 격려해줄 수 있는 좋은 벗을 만났다. 혜장 스님이 그이였다. 두 사람은 한 번 만나면 날이 새는 것도 잊은 채 차를 마셨으리라.

이들 두 사람의 만남은 현대를 살아가는 우리들의 만남과는 여러 면에서 차원이 달랐다. 우선 시간이나 거리 개념이 다르다. 오늘날의 우리는 서울과 부산을 한나절 만에 왕복할 수 있는 시대에 살고 있다. 반면에 다산이나 혜장 스님은 지척에 있으면서도 특별히 말미를 마련하지 않으면 만나기 어려운 시대를 살았다. 편지 한 통 주고받는 일이 우리가 해외여행을 하는 것만큼이나 어렵고 많은 시간을 필요로 하던 시대였다. 한 번의 만남을 위해 들여야 하는 시간과 노력과 정성이 오늘날의 그것과는 비교할 수 없을 정도로 크고 깊고 농밀해야 했던 것이다. 당연히 만남의 빈도는 낮아도 만남의 기쁨과 무게는 오늘날의 그것에 견줄 바가 아니었다.

다산초당이나 백련사에서 해남의 일지암까지 간다고 하면 지금도 자동차로 한 시간 정도가 걸리는데, 그 당시의 교통수단을 생각하면 아무 때나 마음 내킨다고 갈 수 있는 곳이 아니었다. 종일 걸어야 갈 수 있는 곳이었고, 한 번의 만남을 위해서는 이틀 이상의 시간이 필요했다. 만나고 싶은 마음이 그만큼 간절해야만 만날 수 있는 것이었다.

다산초당에서 백련사로 넘어가는 산길이 있다. 이 길이 다산과 혜장 스님이 서로 넘나들던 길이다. 지금은 사람들에게 많은 관심을 끌다 보니 꽤 번듯한 산책로같이 되었지만, 얼마 전까지만 해도 늙은 동백나무 아래 야생의 차나무들이 자라던 곳이고, 온갖 풀들이 발길을 가로막던 좁은 산길이었다. 지금은 이 산을 만덕산이라고 하지만, 두 사람이 살던 시대에는 차나무가 많아 다산이라고도 불렀다고 한다. 정약용이 호를 다산이라고 한 것도 이 산의 이름에서 따온 것이라 한다.

백련사

　백련사는 신라 문성왕 1년(839)에 선종의 구산선문 가운데 하나인 보령의
성주산문을 개창한 무염선사無染禪師가 창건하였는데, 초기의 절 이름은 만
덕사였다.

　대각국사大覺國師 의천義天에 의해 1101년에 천태종이 개립되자, 그 천태
종의 정신을 계승한 원묘국사圓妙國師 요세了世가 1211년에 신라의 옛 절집
인 만덕사를 보수하여 이 절을 천태종의 도량으로 만들었다. 그는 몽고의 침
입을 피해서 찾아온 유생 몇 명을 입문시켜 『묘법연화경』을 가르친 후 '보현
도량普賢道場'을 열어 수행의 체계를 세웠다. 그가 대중들에게 죄를 참회하고
정토에 태어날 것을 바라는 수행참회행을 설하자, 이에 발심을 일으킨 대중
이 1,000여 명에 이르고 참여한 도반이 30여 명에 달하였으니 이것이 바로
백련결사다. 이때부터 백련사라는 이름이 널리 알려지기 시작하였다. 백련결
사는 조계종의 정혜결사(송광사)와 함께 고려 후기 불교의 결사운동에서 양대
갈래를 이룰 정도로 중요한 결사였다.

　그 후 120여 년 동안 백련사는 여덟 명의 국사國師를 배출하는 등 결사의
중심으로 번창한다. 하지만 고려 말 강진 지방에 왜구가 세 차례나 침입하여
노략질을 일삼을 때 백련사는 폐허가 되고 만다. 이후 조선시대에 효령대군
의 지원을 받아 행호선사가 왜구의 침입에 맞서 토성을 쌓고 복구를 하는 등
여러 차례의 중수를 하였는데, 그때 쌓은 토성이 행호토성이다. 조선시대에
도 백련사는 여덟 명의 대사를 배출하며 대가람으로서의 명맥을 이어갔다.
그 여덟 명의 대사 가운데 마지막 한 사람이 바로 다산 정약용과 교류하던 아

백련사의 동백숲

암혜장으로, 대둔사의 12대 강사로 꼽힌다.

　백련사의 자랑은 무엇보다도 천연기념물로 지정된 동백나무 숲이다. 사적비 옆 허물어진 행호토성 너머로 아름드리 동백나무들이 숲을 이루고 있는데, 3,000여 평에 달하는 숲 안에는 조선시대의 부도 네 기가 숨바꼭질하듯 흩어져 있다. 숲은 사시사철 푸르고, 안쪽은 동백의 두터운 잎으로 인해 대낮에도 어둡다. 3월 말경 꽃이 필 때면 숲은 서서히 붉게 물들기 시작하고, 붉은 꽃이 투두둑 지는 모습은 또 다른 감동을 준다.

　초당으로 자리를 옮긴 후 다산과 혜장 스님의 교분은 더욱 깊어졌다. 당대의 내로라하는 유학자와 선종 최고의 고승이 만났으니 여느 만남과는 차원이 달라도 한참이나 달랐다. 두 사람의 만남은 우선 다산과 혜장 스님 모두에게 학문의 깊이를 더하는 계기가 되었을 것이다. 다산이 이 기간에 저서의 대부분을 집필할 수 있었던 것은 결코 우연이 아니었다. 또 다산이 우리 역사상 최고의 차 전문가가 될 수 있었던 것도 혜장 스님과 무관치 않았다. 반면에 혜장 스님은 선禪과는 다른 논리로 전개되는 다산의 유학과 실학을 통해 또다른 차원의 깨달음을 얻을 수 있었으니, 두 사람의 만남은 우리 차의 역사를 부활시키는 계기이자 유교와 불교의 만남, 교와 선의 회통이었다고 하겠다.

다산과 초의 스님

오늘날 우리 차의 다성茶聖으로 추앙되는 초의 스님은 정조 10년 병오년 (1786) 4월 5일에 전남 무안군 삼향면에서 태어났다. 속성은 장씨이고 이름은 의순意恂, 자字는 중부中孚이다. 초의는 그의 법호이며, 그 밖에 해옹海翁, 휴암병선休菴病禪, 자하도인紫霞道人 등의 호가 있었고 입적한 후 헌종으로부터 대각등계보제존자大覺登階普濟尊者라는 시호를 받았다.

15세 되던 해 나주군 남평의 운흥사雲興寺에서 대덕 벽봉민성碧峰敏性 스님을 은사로 삭발 출가하고, 19세 때 해남 대흥사로 가는 도중 영암 월출산에 올라 바다 위로 솟아오르는 보름달을 보고 순간 마음의 문이 열리는 개안開眼의 경지를 경험하게 된다. 그 후 대흥사에서 완호玩虎 대사를 계사戒師로 구족계를 받고 이때 초의艸衣라는 법호法號도 받는다. 삼장을 수학하여 21세 때 대교를 졸업하였으며, 후에 쌍봉사로 옮겨 금담金潭 선사로부터 선을 배우며 참선에 전념하였다. 1807년 쌍봉사에서 지내다가 다음 해에 대둔사로 거처를 옮겼다.

다산과 초의 스님의 만남은 혜장 스님과 다산의 만남보다 더 극적인 것이 아닐 수 없었다. 우선 나이 차이가 만만치 않았다. 다산이 1762년생, 혜장 스님이 1772년생, 초의 스님이 1786년생이니, 다산과 초의 스님은 스물네 살 차이가 난다. 당시의 일반적인 풍속에 따르자면 다산과 초의 스님은 아버지와 아들 정도의 나이 차이가 난다고 할 수 있다. 당대 최고의 실학자인 다산의 입장에서 보자면 초의 스님은 나이가 너무 어려 아무리 스님이라고는 하나 이야기를 나눌 상대로서는 머뭇거릴 만도 한데, 첫 만남에서 다산은 초의 스님의 깊은 학문과 재기를 단박에 알아보고 감탄하였다고 한다.

오늘날 초의 스님은 우리 차문화사의 최고봉으로 널리 알려져 있다. 그러다 보니 초의 스님 하면 차요 차 하면 초의 스님이라는 공식이 성립되었고, 어떤 면에서 초의 스님의 참모습은 감춰지고 말았다. 사실 초의 스님에게 차는 일상의 것 그 이상도 이하도 아니었다. 스님은 우선 선禪은 물론이고 교학에도 뛰어난 선승이자 대종사였다. 나아가 세상의 칭송을 받을 만큼 불화를 잘 그린 탁월한 금어金魚였으며, 시서화에 두루 능하여 삼절로도 불렸다. 소치 허유에게 서화를 가르치기도 하였으니, 스님의 타고난 재능은 일반인이 따르기 어려운 것이었다.

현재 대흥사 유물관에 보관되어 있는 영정신상影幀神像은 거의 대부분 스님께서 손수 금어가 되어 그렸거나 증사證師가 되었던 작품이다. 유독 관세음보살상觀世音菩薩像과 준제보살상準提菩薩像을 좋아하여 많이 그리셨다. 지금

도 대흥사 유물관에는 〈사십이수십일면관세음보살상四十二手十一面觀世音菩薩像〉과 〈준제보살상準提菩薩像〉이 보관되어 있다. 그리고 단청丹靑도 잘해서 조사祖師 스님들을 모신 대광명전大光明殿과 보련각寶蓮閣을 짓고 손수 단청을 해서 지금까지 전해지고 있다.

초의 스님은 선과 교의 내전內典에만 치우치지 않고, 다산 등과 만나 깊이 사귀면서 유서儒書와 시학詩學까지 배워 유학과 도가의 외전外典에도 깊이 몰두하여 내외전에 두루 통달하기에 이른다.

차의 본가 대흥사

초의 스님이 활동하던 18~19세기는 여러 면에서 격동기이자 혼란의 시기였다. 차 마시는 풍습 또한 자연 쇠퇴하였으나, 스님들의 경우 수행 생활에서 차는 필요 이상의 것이었기 때문에 그나마 절집에서는 차문화가 면면히 이어질 수 있었다. 그렇게 역사에서 사라져가던 차문화의 불씨가 숨어있던 대표적인 곳이 바로 대흥사고, 초의 스님이 새로운 차문화의 불씨를 일으킨 곳도 대흥사였다.

대흥사를 품고 있는 두륜산은 가을에 특히 아름답다. 두륜산은 해발 760m의 높지 않은 산세에도 불구하고 깊은 숲을 가지고 있는데, 특히 아름드리 단풍나무가 많은 곳이어서 가을 풍경이 빼어나다. 단풍나무 숲 아래로는 동백나무 고목들이 군락을 이루고 있어 남도의 깊은 정취를 느낄 수 있다.

절 입구의 시오리 숲길을 걸어 오르다 보면 문득 세월을 건너 숲길 어디쯤에선가 옛사람들과 마주칠 것만 같은 착각을 불러일으킨다. 울울창창한 나무

観音菩薩如意珠手

縞無縞書 中孚

초의선사의 그림과 글씨

들, 길 위에 흩어진 돌멩이들, 숲을 쓸고 지나
는 바람까지, 모든 것이 예사롭지 않은 곳이다.

두륜산은 숲이 깊고 흙이 많은 육산肉山이어
서 물이 좋은 샘을 많이 품고 있다. 산내 암자
곳곳의 샘물이 좋다.

1815년, 초의 스님은 대흥사 산문을 벗어
나 첫 한양 나들이를 하게 된다. 추측하건대,
1811년의 큰 화재 때 대흥사의 많은 당우들이
타버리고 쓰러지자 아마도 권선을 하기 위해
한양에 가게 된 것이 아닌가 생각된다. 그렇지
않고서야 스님 대접이 흉흉하던 그 시절에 거
의 1년 동안이나 한양 근처에 머물지는 않았을
터이니 말이다.

서울로 가는 도중에는 전주全州에 들러 명필
이삼만李三晩 등과 한벽당寒碧堂에서 시회詩會
를 열어 즐겼으며, 서울에 올라가서는 두릉杜陵
에 살던 다산의 아들 유산酉山(丁學淵)과 운포
耘浦(丁學游)를 비롯하여, 자하紫霞(申緯)나 해거
海居(洪顯周) 등과 만나서 같이 두 해 동안을 교
류했다. 이때 추사 김정희와 그의 동생 김명희
金命喜 및 김상희金相喜와도 만나게 되었다.

추사 김정희

추사는 1786년에 태어났으니 초의 스님과 동갑이다. 그의 부친 김노경은 아들에 대한 사랑이 유달리 커서 어디를 가든 추사를 데리고 다녔다. 추사가 20세 되던 순조 5년에는 동지사冬至使로 청淸에 가는 아버지를 따라 연경燕京(北京)에도 갔는데, 이때 당대 거유巨儒로 명성을 떨치던 완원阮元 옹방강翁方綱, 조강曹江 등과 알게 되었다. 완원은 김정희의 필치가 뛰어남을 보고 자기가 지은 「소재필기蘇齋筆記」를 초抄해서 김정희에게 선물하기까지 하는데 뒤에 추사가 고증학자·금석학자·서도가 등으로 이름을 남기는 데는 이들의 영향이 컸다고 할 수 있다.

귀국 후 그는 고증학의 도입을 시도하면서 스스로를 승설학인勝雪學人이라 하였다. 그 후 김정희는 완당阮堂, 추사秋史, 예당禮堂, 시암詩庵 등 많은 아호를 사용한 인물로도 유명한데, 승설勝雪은 초기에 즐겨 사용하던 호이다. 승설이란 중국의 차 이름이니, 중국에 있을 때부터 많은 유학자와 교류하고 배우면서 그들이 마시던 차를 배워 조선으로 귀국하고 나서도 계속 차 생활을 하였음을 짐작할 수 있다.

추사와 초의 스님이 만난 것도 이 즈음이었다. 하지만 그 무렵 초의 스님의 상황은 결코 만만한 것이 아니었다. 스님은 처음으로 먼 곳을 여행하면서 그때까지 보지 못했던 조선 사회의 본 모습을 보게 되었을 것이다. 더불어 그는 불교계가 처한 당시의 암담하고 뼈아픈 현실을 눈으로 보며 많은 것을 생각하였을 것이다. 그 비통한 마음을 스님은 이렇게 노래했다. 처연하면서 서글픈 내용이지만 스님의 초연한 경지를 보여주는 시다.

추사의 〈명선〉

넓은 절은 비어 있고

거짓 수행자 이리저리 설쳐대니

옛 스승 눈물짓는 소리 들리는 듯하여

부는 바람 속에 눈물짓누나.

虛曠金寶坊　縱橫野狐禪　如聆龍象泣　臨風涕潺湲

–「宿玉磬山房奉贈主人三十韻」,『一枝庵詩稿』卷1

초의 스님은 1816년에 다시 대둔사로 돌아왔다가, 이듬해인 1817년 경주 기림사로 천불전에 모실 부처님을 조성하러 간다. 거기서 다시 추사를 만나게 되었고, 차를 마시고 시를 주고받으며 우정을 나누게 된다. 이런 추사와 초의 스님의 만남은 해를 거듭하고도 이어졌고, 나중에 추사가 제주로 귀양을 가게 된 후에도 두 사람의 우정에는 변함이 없었다.

일지암

두륜산 일지암一枝庵은 초의 스님이 40여 년 동안 주석하며 선풍을 드날린 곳이자 사라져가던 우리 차문화를 다시 정립한 곳으로 유명하다. 일지암이라는 암자 이름은 '(뱁새는) 나무 한 가지에서도 넉넉하게 편히 쉴 수 있다(安身在一枝)'는 〈한산시〉의 구절에서 따온 것으로, 스님의 법호인 '초의草衣'와 더불어 스님의 수승하고 여일한 성품을 엿보게 해준다. 초의 스님이 말년을 지내던 이곳은 오늘에 이르러서는 우리나라 차의 성지로서 차를 사랑하는 많은 사람들에게 사랑받는 차문화의 성지가 되었다.

일지암이 정확히 언제 세워졌는지는 불분명하다. 대둔사의 역사를 정리한 「대둔사지」는 1823년에 재정리되었는데, 이 일에는 초의 스님도 참여했다. 그럼에도 이 기록에 일지암 관련 내용이 없는 것으로 보아 일지암은 그 이후에 세워졌을 것으로 보이며, 1824년이나 1825년에 일지암을 지었다는 구전이 전해진다. 지금 우리가 보는 일지암은 1980년에 한국차인회가 중심이 되어 새로 복원한 것이다.

초의 스님의 『다신전』과 『동다송』

1828년, 초의 스님은 스승을 따라 지리산 화개동 칠불암에 가게 된다. 거기서 『경당증정만보전서敬堂增訂萬寶全書』의 내용을 기초로 『다신전』 내용을 초록抄錄하기에 이른다. 이때의 사정과 내력을 스님은 이렇게 기록하고 있다.

무자년戊年子 어느 비 오는 날 스승을 따라 지리산 칠불아원七佛啞院에 이르러 이 책자를 등초騰抄하여 내려왔다. 곧바로 정서正書하여 한 권의 책으로 엮고자 하였으나 몸이 괴로워 뒤로 미루었다. 사미승 수홍이 시자방에서 노스님 시중을 들고 있었는데, 다도茶道를 알고자 하여 다시 정초正抄를 시도하였으나 역시 몸이 괴로워 끝을 맺지 못하고 그대로 두었다. 뒤에 좌선하면서 틈틈이 붓을 들어 완성하였다. 시작이 있으면 끝도 있어야 함이 어찌 군자의 일이기만 하겠는가. 총림叢林에도 조주풍趙州風이 있어 이제껏 알지 못했던 다도를 탐구하고자 함에 외람되이 옛글에서 초抄하여 보인다.

– 경인庚寅 중춘中春, 눈 서린 창가에서 화로를 안고 삼가 씀

『다신전』을 정리하고 나서 6년 뒤인 1837년, 정조正祖의 사위인 해거도인 海居道人 홍현주洪顯周의 청탁을 받고 동국東國의 차茶를 노래한 〈동다송東茶頌〉을 지어 해거도인에게 증정하기에 이른다. 그때가 초의스님의 세수 52세 때였다.

일찍이 맛본 염제炎帝(神農氏) 식경食經에 기록하여 제호 감로와 함께 그 이름 전

초의선사

하니 뉘라서 족히 알랴, 그 참된 빛깔과 향기와 그리고 맛을.

그 참됨 완전케 하려는 도인道人의 맑은 욕심 있었으니

일찍이 몽산蒙山 정상에 올라가 손수 가꾸기도 하였다네

건양 단산 벽수 등등 물 맑은 고장에서 생산되는

천하일품 중에 운간월雲澗月이 있는데

우리나라 차가 이와 본질이 같아

색향기미色香氣味 일체가 한 가지이니

육안차陸安茶의 맛과 몽산차蒙山茶의 약효를 겸하고 있어

마른 나무에 싹이 나듯 늙은이를 젊게 하는 신험이 빨라

팔십 노인 얼굴에 복숭아꽃 피게 하네

내게 유천乳泉 있어 그 물로 수벽秀碧 백수탕百壽湯 만드니

이것을 어떻게 그대로 남산의 해옹海翁에게 전할 수 있을까

또한 구난九難 사향四香의 그윽한 묘용妙用 있는 것은

어찌 가르치랴, 옥부대玉浮臺에서 좌선坐禪하는 무리여.

(중략)

예體와 신神이 온전하다 할지라도 불 다룸이 염려되니

중정中正을 지키면 건강과 신험을 함께 얻는다.

옥화玉花 한 잔 기울이니 겨드랑이에 솔솔 바람 일어

몸 가벼이 하늘로 오를 것 같네

밝은 달 다가와 촛불 되고 겸하여 벗도 되고

흰 구름은 자리 되고 아울러 병풍도 되네

대숲에 이는 솔바람 소리에 모든 게 시원하니

맑고 서늘함 뼛속까지 스며 마음 깨워주네

아아, 오직 흰 구름 밝은 달 두 분이 손님이니

도인道人의 자리 이만하면 족하지 않을까.

초의草衣 녹향연綠香煙에 싸여 자욱한 향기 마시니

곡우穀雨 전 어린 움 새의 혀[禽舌]인 양 미동微動하네

어찌 단산丹山의 운간월雲澗月만 손꼽힐손가

잔에 가득한 뇌소雷笑는 천수千壽를 가약可約하네.

- 〈동다송〉, 해거도인 명으로 지음. 초의 사문 의순 지음.

　　다산과 추사와 초의 스님이 나이도 잊고 신분도 잊은 채 벗이 되고 사제가 될 수 있었던 매개는 단 하나, 바로 차였다. 서로의 배운 바가 다르고 믿는 바가 달랐음에도 이들은 오로지 한 잔의 차로 세월을 뛰어넘고 종교와 철학의 벽조차 뛰어넘었다. 차 한 잔의 인연에서 이런 불가능한 소통과 만남이 이루어졌으니, 차의 기능과 역할로 말하자면 이보다 월등한 사례가 없다고 하겠다. 차는 무엇보다도 만남과 소통과 인연의 매개인 것이다.

달빛에 물드는 월출산의 찻잎들

우리나라에서 가장 아름다운 차밭은 어디일까? 아마도 많은 사람들이 보성의 차밭을 꼽을 것이다. 잘못된 선택은 아니다. 보성의 잘 가꾸어진 차밭은 세계 어디에 내놓아도 자랑할만한 풍광을 뽐낸다. 하지만 남도에는 잘 알려지지 않은 멋진 다원들도 여럿 숨어있다. 예컨대 강진 월출산 아래에 있는 강진의 다원이 그렇다. 기암괴석이 아름다운 월출산과 어우러진 넓은 차밭 풍경은 어느 계절에 가든 기대 이상의 싱그러움을 선물한다. 그런데 이 차밭 사이로 난 길을 한동안 따라가다 보면 난데없이 우거진 수풀이 나타나고, 그 수풀 한가운데 전설에나 나올법한 별천지가 보인다. 백운동정원이다.

백운동정원은 전남 강진군 성전면 월하리月下里 백운동 계곡에 자리 잡고 있다. 일명 백운동별서라고도 한다. 백운동은 월출산에서 흘러내린 물이 다시 안개가 되어 흰 구름처럼 올라가는 곳이라는 뜻에서 지어진 지명이고, 별서別墅는 요즘 말로 하자면 별장이다.

이 백운동정원은 조선 중기의 처사 이담로李聃老(1627~1712)가 조성한 곳이라고 한다. 호남의 정원이 대부분 그렇듯이 자연을 해치지 않는 범위에서 정자를 짓고 자연스럽게 물길을 두었으며 어우러지는 나무를 심었다.

1812년, 다산 정약용이 그의 제자들과 월출산에 올랐다가 이 백운동정원

에서 하룻밤을 머물게 되었는데, 정원의 아름다움에 반한 다산은 〈백운동 12 승경白雲洞 十二勝景〉이라는 시를 지었다. 이에 머물지 않고 다산은 초의 선사에게 〈백운동도白雲洞圖〉를 그리게 하였으며, 그림에 자신이 지은 시를 적어 〈백운첩〉이라 하였다.

하지만 백운동정원은 최근까지도 세상에 알려지지 않은 채 숨겨진 비경으로 남아 있었다. 그러다가 백운동정원의 존재가 알려지고 초의 스님의 〈백운동도〉가 새롭게 조명되면서 이 지역은 강진을 넘어 전남 최고의 답사지로 각광을 받게 되었다. 초의 스님의 〈백운동도〉를 토대로 강진군에서 최근 백운동정원의 복원을 추진하고 있다니 그저 반가울 뿐이다. 백운동별서는 담양의 소쇄원, 보길도의 세연정과 더불어 호남의 3대 정원으로 꼽히는 유서 깊은 정원이다.

게다가 백운동정원은 다산의 차 만드는 방법에 대한 편지와 「동다기」가 발견된 곳이고, 이한영이 우리나라 최초의 시판용 차 제품인 '백운옥판차'를 만들어 판매했다고 알려진 곳이 지척이다. 백운옥판차를 만들던 옛 집터에는 얼마 전 강진군의 복원사업으로 새 집이 지어졌고, 그 입구에는 '월출산 다향 산방'이라는 찻집이 생겼다.

백운옥판차에 대한 최초의 기록은 일제 총독부 산림과에 근무하던 이에이리家入一雄 농무관이 1940년 지은 『조선의 차와 선』에 보인다. 이 기록에 따르면 백운옥판차는 곡우절부터 5월에 찻잎을 따서 시루에 찐 다음 절구에 찧어서 둥근 틀에 박아 엽전 크기로 빚고, 그 가운데 구멍을 내고 꿰미에 꿰어 말려 만든 차였다. 돈(엽전)처럼 생겼다 하여 돈차, 즉 전차錢茶라고 했다. 이

한영은 이 차를 열 개씩 한지에 싸서 사각형 나무 상자에 담아 판매했다고 한다. '백운옥판차'라고 목판화로 찍어 상표를 붙였는데, 여기에는 찻잎과 차꽃이 배경 그림으로 사용되었다. 포장지도 옥판선지玉板宣紙로 하였다고 하니, 지금 생각해도 꽤 세련된 포장이었을 것이다.

그런데 이 차는 기록이나 구전을 살펴볼 때 다산이 제시한 제다법과 결코 무관치 않은 차였을 것으로 짐작된다. 우선 백운옥판차의 제다법이 다산이 보림사 대웅전 뒤에서 만들었다는 차의 제다법과 퍽이나 흡사하다. 또 다산이 제자들과 백운동정원에 자주 오간 기록으로 보아 다산의 전차 제다법이 이한영의 시대에까지 전해진 것이 아닌가 짐작되기도 한다.

오늘의 우리는 비록 기록과 구전에 근거하여 21세기에 재현된 떡차를 마시고 있지만, 사실 그 차가 바로 다산이 마시던 차와 흡사한 것일지도 모르는 일이다.

허황후 신행길과 김해 장군차 🌿

김해는 신라 이전 시대의 한반도 남부에 있던 역사 중심지이자 가야의 고도였던 곳이다. 그만큼 신화와 전설도 많은 고장인데, 최근에는 우리 차의 역사와도 관계가 깊은 고을이어서 새삼 주목을 받고 있다. 그 역사의 중심에 있는 인물이 앞에서도 잠깐 소개했던 김수로왕의 부인 허황후다. 인도 출신으로 중국을 거쳐 가야에까지 온 그녀가 결혼 예물로 차 씨앗을 가져왔다는 이야기가 전해지고, 그 아들들인 일곱 왕자가 칠불암에서 차를 마시며 수도하여 마침내 모두 득도했다는 전설도 전해지니 우리 차의 초기 역사에서 이보다 중요한 인물도 찾아보기 어렵다. 그녀가 가지고 온 차 씨앗의 흔적이 지금도 김해 지역에 남아 있다고 하며, 이 차를 사람들은 장군차라고 부르고 있다. 이런 이야기들을 바탕으로 생각해보면 김해 찻사발이 국제적으로 명성을 떨치게 된 것도 다 이유가 있는 것이라고 할 수 있다. 한마디로 김해는 허황후 이후 한반도 차문화의 중심지였던 셈이다.

김해 장군차 서식지는 경상남도 김해시 동상동에 있는 가야시대의 차나무 재배지이다. 2017년 6월 29일 경상남도의 기념물 제287호로 지정되었다. 분성산 자락인 동상동과 대성동 일원은 예부터 차밭골茶田洞로 불리던 곳이

김해 차밭골에 조성된 다원의 모습

다. 주로 산의 비탈면과 계곡부 응달에서 자생하는 장군차는 현재 총 900여 주가 동상동과 대성동 일원의 분성산 기슭에 분포되어 있다.

차처럼 달콤한 보림사 샘물 🌿🌿

『신증동국여지승람新增東國輿地勝覽』과 『세종실록지리지世宗實錄地理志』에 따르면 전남 장흥은 전국 19개의 다소茶所 중 13개 소가 있던 곳이다. 그만큼 차의 고장이라고 할 수 있다. 지금도 장흥 지역 산간에는 44*ha*에 이르는 야생 녹차 자생지가 분포되어 있다. 이를 기반으로 장흥군은 기록에 전하는 장흥의 전통차인 '청태전'을 복원하고 상품화하기 위해 많은 노력을 기울이고 있다.

장흥을 대표하는 사찰인 보림사는 전남 장흥군 유치면에 있다. 이 절에 들어서면 우선 보이는 풍광이 여느 절의 그것과는 사뭇 다르다. 우리나라의 절들은 산에 있기도 하지만 당우가 들어앉은 곳마다 땅이 경사져 층층이 돌단을 쌓고 계단식으로 터를 닦아 도량을 이룬 것이 대부분인데, 보림사는 사방이 반듯한 터여서 도량 전체가 한눈에 들어온다. 널찍한 간격을 두고 시원시원하게 당우들이 배치되어 있다.

이런 보림사의 가장 큰 특징은 사실 샘이다. 보통 절집의 샘이라면 대웅전 뒤쪽이나 마당 측면에 치우쳐 있기 마련인데, 신기하게도 보림사의 샘은 도량 한가운데 자리하고 있다. 말하자면 샘을 중심으로 도량의 당우들을 배치한 것처럼 보인다. 절집의 중심이 우물이라니, 다른 곳에서는 볼 수 없는 퍽

보림사

특이한 구조다.

　이 샘의 물은 다른 샘의 그것에 비하여 무거우나 맛은 입에서는 가볍고 유
순하다. 차를 우려 마셨을 때에도 찻물은 입안에서 사라지는 것 같이 부드럽
고, 향과 맛이 입안에 풍부하면서도 오래 남았다. 대체로 흙이 많은 곳에서
솟는 물은 그냥 생물로 마셨을 때는 그 차이를 모르나 차를 우려 마셔보면 흙
의 향이 적든 많든 조금은 나기 마련이다. 그런데 이 보림사의 샘물은 마당
한가운데서 솟는 물인데도 불구하고 전혀 다른 향의 침해가 없는 좋은 물이
었다. 이 샘물은 사실 이미 오래전에 한국자연보호협회에서 한국의 명수로

명명을 할 만큼 유명한 물이었다.

이처럼 보림사는 물로도 유명한 절이지만 사실 우리 차의 역사에서 결코 간과하기 어려운 유적지이기도 하다. 다산 정약용과 초의 선사가 '구증구포九蒸九曝'의 방법으로 만들었다고 하는 죽로차와 보림백모차의 탄생지가 바로 이곳이기 때문이다. 당나라에서 1,200년 전에 들어와 근대에 이르기까지 장흥 지역에서 상비약으로 음용하던 '청태전'의 뿌리가 이어져 내려온 곳도 바로 이 절집이었다.

보림사는 구산선문의 종찰로, 도의 선사가 37년간 당나라에서 선禪과 차茶를 익힌 뒤 귀국하면서 가지고 온 차나무 종자를 심었다는 사찰이다. 그런가 하면 보림사의 『보조선사창성탑비(보물 제158호)』에는 헌안왕이 즉위한 지 얼마 되지 않아 왕실이 혼란하게 되었을 때, 왕실에서 보조에게 '차와 약을 예물로 보냈다'는 기록도 보인다. 그만큼 보림사가 차와 밀접한 관계가 있었음을 알 수 있다. 다산茶山, 완효윤우玩虎尹佑, 초의草衣 등이 보림사에서 차를 만들었다는 기록도 있으며, 이유원의 『가오고략』과 『임하필기』에는 다산이 보림사 대웅전 뒤에서 청태전을 만들었다는 기록도 있다.

이유원은 호남의 네 가지 대표적인 물품 가운데 하나로 보림사 대밭의 죽로차竹露茶를 들기도 했는데, 그가 말한 보림사의 죽로차는 정약용이 보림사 승려들에게 전해준 구증구포의 제다법으로 만든 최고급 떡차였다. 초의 스님이 만들었다는 보림백모차普林白茅茶도 전해지는데, 이는 '다산-완호-초의'로 이어지는 제다법의 흐름을 짐작할 수 있게 해주는 단차이다. 백모는 갓 나온 여린 잎이 보송보송하여 흰빛이 드는 것으로 만든 고급 첫물 단차를 말하는

약수로 유명한 보림사의 샘

것으로 보인다. 보림백모차를 선물 받은 자하신위와 금령 박영보는 그 뛰어
난 맛에 감탄했다고 한다. 가까운 시일에 보림백모차의 재현을 기대해 본다.

차는 약이 아닙니다만

약이 귀하던 시절의 만병통치약 ✿✿✿✿✿

한漢나라 때의 의서인 『신농본초神農本草』에는 무려 365종의 약물에 대한 기록이 보인다. 그중 차에 대한 기록은 다음과 같다.

차 맛은 쓰나, 그것을 마시면 유익한 생각을 하게 하고 적게 눕게 되며 몸을 가볍게 하고 눈을 밝게 한다.

『신농식경神農食經』에는 다음과 같이 기록되어 있다.

차를 오래 마시면 기운이 생기게 되고 즐거운 생각을 하게 한다.

『당본초唐本草』에는 다음과 같이 기록되어 있다.

명茗(차)은 쓰다. 명茗의 맛은 달고 쓰며 추위를 덜고 독이 없으며 부스럼이나 종기 등에 주효하고 소변에 이롭다. 가래를 삭혀주고(去痰) 갈증을 해소하며 잠을 적게 해준다.

『잡록雜錄』에는 이런 기록도 있다.

　　쓴 차는 몸을 가볍게 하고 범골凡骨을 선골仙骨로 바꾼다.

　육우는 『다경』의 「칠지사七之事」에서 각종 경전을 근거하고 인용하여 차茶
가 해독작용은 물론 여러 가지 병을 치료하고 숙취를 제거하며, 흥분을 가라
앉히고 갈증을 해소하는 데 효력이 있음을 설명했다. 『본초本草』를 인용하여
차는 이뇨, 해열, 소화작용이 있으며, 누창漏瘡을 없애고, 각성작용이 있어 잠

을 적게 할 수 있다고 했고, 『침중방枕中方』을 인용해 오래된 종기는 차와 지네를 함께 구워 체질한 가루를 환부에 바르면 완쾌되고, 이유 없이 깜짝 놀란 어린애들은 차와 파 뿌리를 달여 먹이면 치유된다는 『유자방孺子方』의 치료법도 실었다.

음차십덕

당대唐代의 환관이었던 유정량劉貞亮은 차를 마심으로써 얻을 수 있는 열 가지 장점을 '음차십덕飲茶十德'이라 하였다. 이를 간추리면 다음과 같다.

① 이차산욱기以茶散郁氣   차로써 우울한 기운을 흩어지게 한다.
② 이차구수기以茶驅睡氣   차로써 졸음을 쫓는다.
③ 이차양생기以茶養生氣   차로써 생기를 기른다.
④ 이차제병기以茶除病氣   차로써 병의 기운을 제거한다.
⑤ 이차이예인以茶利禮仁   차로써 예와 인을 이롭게 한다.
⑥ 이차표경의以茶表敬意   차로써 경의를 표한다.
⑦ 이차상자미以茶嘗滋味   차로써 맛을 음미한다.
⑧ 이차양신체以茶養身體   차로써 신체를 기른다.
⑨ 이차가행도以茶可行道   차로써 가히 도를 행한다.
⑩ 이차가아지以茶可雅志   차로써 가히 뜻을 우아하게 한다.

현대과학이 밝혀낸 차의 성분과 효능

일반적으로 차 생엽의 구성 성분은 75%가 물이고 나머지 25%가 고형물이다. 25%의 고형물 안에는 폴리페놀, 카페인, 단백질, 아미노산, 단수화물, 색소 성분, 이황 유기산이나 향기 성분, 효소, 비타민, 무기성분 등이 들어있다.

일반 식물의 성분에 비해 데아닌과 카페인과 폴리페놀이 많고 무기성분 중에는 망간이나 불소가 있다. 차의 여러 성분들은 차나무의 품종, 재배 조건, 채엽 시기, 채엽 부위, 기온, 토질, 나무의 수령 등에 따라 많고 적음의 차이가 있지만 특별히 다른 성분이 생기는 것은 아니다.

폴리페놀

탄닌이라고도 하며, 카페인과 함께 전체 찻잎 성분의 절반 이상을 차지한다. 차의 맛과 색, 향기 등에 영향을 주는 물질이다. 고급 차일수록 그 함량이 많으며, 산화하기 쉬워 재탕을 할수록 쓴맛이 강해지는 특성이 있다. 폴리페놀 성분은 광합성에 의해 형성되므로 일조량이 많고 적음에 따라 함유량이 달라지고 봄철보다 일조량이 많은 여름이나 가을철에 함량이 높아진다.

카페인

찻잎은 카페인을 다량 함유하고 있지만 찻잎의 카페인은 커피의 카페인과는 성격이 다르다. 커피의 카페인은 혈청의 지질 농도를 증가시키고 동맥경화의 발병률을 높이는 데 비해 차의 카페인은 혈청 중의 지질 농도를 낮추거나 동맥경화의 발병률을 낮춘다. 일종의 혈관확장제 역할을 하며 근육의 활력도 높여준다. 이는 찻잎 중의 카페인이 폴리페놀 성분과 쉽게 결합해 크림 상태를 형성하기 때문이며, 낮은 온도에서 불용성으로 유지되고 찬물이나 산성에서 녹지 않으므로 체내에서 동화 속도가 늦어져 커피의 카페인과 비교할 때 그 영향력이 낮은 것이다.

덖음차가 증제차보다 카페인의 함량이 높고, 일찍 딴 차와 해가림 재배한 고급 찻잎에 카페인 함량이 높다.

아미노산과 질소 화합물

찻잎 중의 질소 화합물로는 아미노산 외에 아마이드, 단백질, 핵산 등이 있다. 단백질은 물에 녹지 않으므로 차탕 중에 거의 없으나, 아미노산과 아마이드 성분은 물에 용출되어 차의 맛에 직접 영향을 준다. 찻잎 중의 아미노산은 25종으로, 차의 독특한 감칠맛에 영향을 주는 데아닌이 60%를 차지하고 있다. 데아닌 성분은 차나무가 햇빛을 많이 받으면 카테킨류로 변하기 때문에 데아닌의 함량을 높이기 위해 잎이 나올 무렵에 여러 가지 방법으로 햇빛을 차단하면 찻잎 중 아미노산은 증가되고 폴리페놀이 감소된 찻잎이 생산된다. 이를 이용해 일본에서는 말차 만드는 찻잎을 생산하고 있다.

비타민류

차에는 비타민 A·B1·B2, 니코틴산, 판토텐산, 엽산, 비오틴, 비타민 C, 비타민 P 등이 들어 있다. 이 중에서 함량이 가장 많은 것은 비타민 C인데 90%가 환원형으로 녹차에 많이 들어 있다. 비타민 P의 경우 혈관벽을 강화시켜 주기 때문에 고혈압 약제가 되는 중요한 성분이며, 봄 차에는 적고 가을철의 굳은 잎에 많이 들어 있다.

식물색소

색소의 주요 성분은 엽록소, 카로티노이드, 플라보놀 화합물, 안토시안 등이다.

향기 성분

차의 향기 성분은 청엽 알코올, 벤질 알코올, 헥사놀, 리나롤, 리나롤옥사이드 류, 메칠살리실레이드, 제라니올, 페닐에칠알코올 등 약 45종이며, 알코올류가 전체의 80% 정도를 차지한다.

녹차와 홍차의 향기 성분이 서로 다른 것은 제조 과정과 관련된 것이다. 녹차는 찌거나 볶는 과정에서 풋내 성분이 휘발되는 반면, 홍차는 산화 과정에서 홍차 특유의 성분이 새로 생긴다.

유기산

사과 산(malic acid), 프로피온 산(propionic acid), 호박 산(syccinic acid), P-쿠말 산(P-coumaric acid), 콜로로젠 산(chlorogenic acid) 등이 있다.

효소

산화 작용 관여 효소로는 페록시다아제, 폴리페놀 옥시다아제, 카탈라아제 등이 있고, 분해 작용 관여 효소로는 펙타제 등이 있다. 폴리페놀 옥시다아제는 홍차로 변화하는 과정에 관여하는 산화효소로, 카테킨 성분을 특유의 색소 성분으로 전환시키는 역할을 한다.

무기염류

찻잎의 5.6%가 무기 성분이다. 무기염류 중 50%는 칼륨이며, 인산 5% 외에 칼슘, 마그네슘, 소량의 철과 나트륨, 망간, 구리 등이 들어 있다.

찻잎 중에는 40~100ppm의 불소가 함유되어 있으며, 이 중 75%가 가용성이다. 찻잎의 무기 성분은 어린잎에 많은 인산이나 칼륨이 성장함에 따라 감소하고, 칼슘, 철, 망간, 알루미늄 등이 증가한다.

차를 만드는 방법은 매우 다양하지만 사실 어찌 보면 매우 단순한 일이기도 하다. 앞에서 소개한 찻잎의 성분들을 어떻게 이용하느냐에 따라 녹차가 만들어지기도 하고 황차류가 만들어지기도 하는 것이다. 간단하게 설명하자면 이들 성분의 변화를 촉진시키거나 아니면 반대로 변화를 억제시키는 두 가지 방법이 차 만드는 방법의 핵심이라고 할 수 있다. 특히 찻잎의 효소 가운데 산화효소가 중요한 작용을 한다.

병원 가기 싫으면 차 마셔라

차를 마시면 건강에 좋다는 것은 두말할 필요도 없는 상식이다. 그럼에도 많은 사람들이 차를 마시면 어디에 어떻게 좋으냐고 끝없이 묻곤 한다. 이에 여기서 몇 가지 차의 건강 기능성에 관한 내용을 소개한다.

암을 예방하고 치료한다

암은 더 이상 난치병이 아니라고 하지만 여전히 대다수의 사람들에게 두려울 수밖에 없는 질병이다. 아직도 많은 사람들이 이 병으로 고통을 받고 있으며, 암으로 인한 사망률도 쉽게 낮아지지 않고 있다. 암에 좋다는 음식이나 약재 등이 텔레비전에 소개되면 금방 동이 나는 현상도 여전하다.

녹차는 항암 효과가 높은 것으로 이미 잘 알려진 식품이다. 우선 녹차를 재배하는 지역의 암으로 인한 사망률이 녹차를 재배하지 않는 지역의 암으로 인한 사망률보다 낮다는 통계가 있다. 또 중국 예방의학과학원의 연구결과 발표에 따르면 녹차, 홍차, 우롱차 등 모든 찻잎에는 N-니트로소화합물의 합성을 억제하는 항암 효과가 있다고 한다. 항암 효과 측면에서 녹차와 홍차를 비교한 연구결과도 있는데, 홍차의 암 억제율이 43%인 데 비하여 녹차는 85%로 더 강하다고 한다.

일본의 국립암센터에서도 여러 가지 연구를 진행했는데, 예방연구부의 쓰가네津金昌一郎 연구팀은 녹차를 많이 마실수록 진행성 전립선암에 효과가 있다는 연구결과를 발표했다. 진행성 전립선암의 억제에 녹차가 효과적이라는 이런 연구결과는 최근에 새로 밝혀진 것이어서 의학계의 주목을 받고 있다. 연구결과에 따르면 녹차를 하루 5잔 이상 마시는 사람은 1잔 미만 마시는 사람에 비해 진행성 전립선암 발생 위험률이 절반 정도로 떨어진다고 한다. 녹차에 많이 포함된 탄닌의 일종이자 항산화물 화합물인 카테킨이 전립선암 위험인자의 활동을 억제하는 작용을 할 것이라는 예측은 학계에서 이미 하고 있었는데, 일본 연구팀이 긴 시간을 추적하여 마침내 이런 결과를 발표한 것이다.

이 조사는 일본 이와테岩手현에서부터 오키나와沖縄현의 9부현府縣에 사는 40~69세 남성 약 5만 명을 대상으로 실시했다고 한다. 1990년부터 평균 12년간의 추적 기간 중 전립선암에 걸린 사람과 녹차 음용 관련성을 조사했다. 추적 기간 중 전립선암에 걸린 사람은 404명이었다. 그중 전립선 외外로 퍼진 진행형은 114명, 전립선 내로 국한된 제한적인 형은 271명이었다. 그리고 결과적으로 제한적인 사람의 경우 녹차 음용과 암 억제 사이의 관련성이 크지 않은 반면, 진행형의 경우 녹차 음용이 많을수록 암 발생 억제에 효과가 있는 것으로 나타났다. 녹차 음용이 하루 1잔 미만인 사람의 위험도를 1로 할 경우, 5잔 이상 마시는 사람의 위험도는 0.52라고 한다.

한편, 일본의 규슈九州대학교 연구팀은 녹차의 주요 성분 가운데 항암작용 및 항알레르기작용이 있다고 알려진 카테킨(EGCG)의 작용을 돕는 단백질 '67LR'을 해독했다고 발표했다. 67LR은 악성 암세포의 표면에 있는 성분인데, 이 단백질이 EGCG와 결합함으로써 암세포의 번식을 억제한다고 한다. 이 연구팀은 이 두 가지 물질의 상호작용을 분석함으로써 녹차 카테킨이 가지고 있는 여러 작용의 구조를 밝힐 수 있는 가능성을 높이고, 새로운 항암제를 개발할 수 있는 가능성 또한 열었다고 할 수 있다.

노화를 억제하고 피부를 젊게 유지시킨다

녹차에 들어있는 카테킨은 강한 항산화 작용을 하여 항노화抗老化에 효과가 있다고 알려진 성분이다. 차에는 아연, 구리, 철, 망간, 불소 등 미량의 미

네랄 성분과 카페인, 폴리페놀, 비타민 P 등 건강에 유익한 성분이 들어 있다. 일본의 한 연구결과에 따르면 차의 폴리페놀은 노화 억제 작용이 비타민 E보다 무려 18배 강하다고 한다. 또 차는 풍부한 무기질뿐만 아니라 레몬의 5배나 되는 비타민 C를 함유하고 있어서 피부가 거칠어지는 것을 막고 탄력을 높여주며 보습성을 유지하도록 돕는다고 한다.

고혈압과 동맥경화 둥 성인병을 예방한다

일반적으로 고혈압의 주요 원인은 소금이다. 차에는 칼륨 성분이 포함되어 있는데, 이 칼륨이 소금의 나트륨을 체외로 배출하는 기능을 한다. 그 결과 차는 고혈압을 예방하거나 낮춰주는 역할을 한다고 이미 밝혀졌다. 콜레스테롤 역시 그렇다. 찻잎 속에 있는 EGCG라는 독특한 성분의 효과로 차는 혈압을 낮춰주고 심장으로 가는 혈류를 늘려준다. 콜레스테롤의 흡수를 낮추고 지질의 체내 침착도 억제한다. 그래서 혈압이 떨어지고 심장 기능이 강화되며, 지방간이나 동맥경화를 예방한다. 또 차에는 비타민 C가 풍부해 지방의 산화를 촉진하므로 콜레스테롤의 배출을 용이하게 한다.

일본 가케가와 시립병원의 사메지마鮫島庸一 박사팀은 가루녹차를 섭취하면 당뇨병이나 고혈압, 동맥경화 등을 막는 호르몬인 '아디포네크틴'이 증가한다는 연구결과를 발표하기도 하였다.

비만을 막고 다이어트를 돕는다

차는 열량을 지닌 성분이 거의 없는 저칼로리 음료여서 체중 조절에는 더없이 좋은 음료가 아닐 수 없다. 비만의 치료는 운동요법이나 식이요법에서 찾는 것이 일반적이지만, 알게 모르게 마시는 각종 음료는 비만을 부르는 한 요인이 되기 때문에 차를 선택하는 사람들이 점점 많아지고 있다.

중국인의 경우 고지방 육류를 많이 먹고 모든 채소를 기름에 튀겨 먹는 식생활을 하고 있지만 다른 나라 사람들에 비해 뚱뚱한 사람이 많지 않다. 그 이유 가운데 하나가 식간에 마시는 차가 기름기 섭취를 방해하기 때문이라고 한다. 비만을 억제하는 차의 효능 때문이라는 얘기다. 더구나 물이 나쁜 중국에서는 물을 마시듯 항상 차를 가지고 다니며 마시는 것이 일상화되어 있어 더 효과적이라 할 수 있다.

요즘 보이차에 들어있는 갈산이 다이어트에 좋다고 알려지면서 보이차 붐이 일고 있다. 그런데 갈산은 보이차에만 들어있는 것이 아니다. 갈산은 차의 대표성분인 폴리페놀에서 비롯된 성분이고, 보이차 외의 다른 모든 차들에도 포함되어 있다. 어느 종류의 차든 많이 마시면 다이어트에 도움을 받는 것이 사실이라고 할 수 있다.

중금속과 니코틴 해독 작용을 한다

차의 폴리페놀 성분 가운데 하나인 카테킨은 방사성동위원소를 제거하는 효능이 있다고 한다. 수은이나 카드뮴과 결합하여 이를 체외로 배출시킨다는 연구결과도 있었다. 일반적으로 수은이나 카드뮴, 크롬, 납, 구리 등의 중금속은 호흡기나 소화기를 통해 체내에 들어가면 배설되지 않고 축적되어 중독을 일으킨다. 그런데 차에 이러한 중금속을 체외로 배출시키는 효능이 있다는 것이다. 공해시대를 살아가고 있는 현대인들로서는 주목하지 않을 수 없는 소식이다. 니코틴 또한 그렇다. 니코틴은 체내에 흡수되면 교감신경을 흥분시키고 혈관을 수축시켜 혈압을 높인다. 기관지염의 원인이 되는 니코틴과 타르 성분은 폐암까지 발생시킨다. 그렇지만 차를 마시면 폴리페놀이 알칼로이드 성분인 니코틴과 쉽게 결합하여 체외로 배출시키기 때문에 효과적인 도움을 받을 수 있다.

피로 회복과 숙취 제거에 효과적이다

차에는 카페인이 들어 있다. 카페인의 효능은 대뇌의 활동을 활발하게 하

여 체내의 여러 기능을 원활하게 만든다. 이것이 각성작용이다. 또 사람이 운동을 하면 운동신경의 명령을 전달하는 아세틸콜린이 콜린에스터라제에 의해 분해되면서 피로감을 느끼게 되는데, 이럴 때 차를 마시면 차의 카페인이 콜린에스테라제의 작용을 억제시켜 아세틸콜린이 분해되지 않도록 함으로써 피로감을 덜어주게 된다.

차는 숙취 해소에도 놀라울 만큼 효능이 있다. 알코올은 체내에 들어가면 간에서 분해되어 물과 이산화탄소가 된다. 그런데 간에서 분해할 수 없을 정도로 알코올을 많이 마시게 되면 아세트알데하이드 성분이 축적되어 숙취가 나타난다. 이때 차의 카페인은 혈액 중의 포도당을 증가시키고 간의 알데하이드 분해 효소의 활동을 촉진시켜 혈액 중의 아세트알데하이드가 빨리 분해되도록 한다. 거기에 차의 비타민 C가 이러한 활동을 촉진시켜 숙취 해소에 더욱 효과적이게 되는 것이다.

체질의 산성화를 막는다

차는 대표적인 알칼리성 음료로 카페인, 테오필린, 네오브로민, 크산틴 등 알칼로이드 물질이 많이 들어 있다. 이런 성분들은 몸에 빠르게 흡수되어 혈액 속의 산성 물질을 중화시킨다. 더구나 차에는 칼륨과 아연, 마그네슘, 망간 등 미네랄이 함유되어 있어 항상 음용하면 몸을 알칼리성 체질로 개선하는 데 큰 도움이 될 수 있다. 이런 이유로 특히 현대인들에게 필수적인 것으로 주목받고 있는 음료가 바로 차다. 현대인이 많이 먹는 산성 식품은 대개 칼로리가 높고 체내의 신진대사 과정 중에 황산이나 요산, 탄산 등을 배출하여 체액을 산성화시킨다. 산성 식품인 육류, 치즈, 버터, 술 등을 과다 섭취하여 몸이 산성화되면 피로감이 증가하고, 감기, 몸살, 고혈압, 동맥경화 등 성인병에도 쉽게 노출된다. 뇌출혈, 위궤양 등 위험한 질병 또한 피하기 힘든 환경이다. 일상생활에 늘 차를 가까이 두고 마시면 건강에 많은 도움을 받을 수 있다.

염증과 세균 감염을 억제한다

녹차에 들어있는 카테킨 성분이 C형간염 치료에 도움이 된다는 사실이 최근 일본학계의 논문으로 밝혀졌다. 이에 따르면 차의 성분인 카테킨을 섭취하면서 치료약을 동시에 사용할 경우 완치율이 높아진다고 한다. C형간염은 바이러스에 감염되어 발병하는 것으로 악화되면 간경화 또는 간암을 일으킨다. 혈당치와 혈압이 상승하고, 지방 증가와 같은 증상이 발생하면서 비만이나 당뇨병이 되는 경우도 많다. 치료에는 바이러스를 퇴치하는 페더인터페론 또는 인토론 A와 같은 치료약을 사용하는데, 비만이나 당뇨병 환자에게는 잘 듣지 않는다고 한다. 그러나 이 연구에서는 녹차 분말을 치료약과 함께 복용할 경우 치료 효과가 더 좋아진 것으로 나타났다. 조사 기간은 2002년 1월부터 6개월간 C형간염 중에서도 치료가 어려운 타입에 감염된 9명의 환자를 대상으로 했다고 한다. 2g의 녹차 분말을 1일 3회씩 주면서 치료약도 계속 투여한 결과 50% 이상의 환자가 완치되었다고 한다. 이는 기존의 완치율이 20% 이하였다는 사실과 비교하면 놀라운 결과가 아닐 수 없다.

그 밖에 카테킨은 항바이러스 기능이 있어 감기 바이러스의 활동을 저지시키고 체내 세포가 바이러스에 감염되는 것을 막아주는 것으로 밝혀졌다.

구취口臭 감소에도 도움이 되고 충치 예방에도 효과가 있다고 한다.

차의 폴리페놀 성분과 사포닌 성분에 의해 위궤양이나 위 점막 출혈을 비롯해 각종 피부 부종을 억제하고 치료하는 데에도 큰 효과가 있다고 한다. 타이완에서는 찻잎 속에 식중독의 원인이 되는 포도상구균의 성장을 억제하는 기능이 있어 식중독을 예방하고 목 점막의 세균 번식을 억제하기 때문에 감기를 예방하는 데도 좋다는 연구결과가 발표되기도 하였다.

녹차는 치매 방지에도 효과적이다

일본 동북대학 구리야마栗山進一 연구팀은 치매에 관한 연구논문에서 기억력의 현저한 감퇴를 초래하는 인지증認知症에 녹차의 카테킨이 높은 예방 효과를 지녔을 가능성이 있다고 밝혔다. 인지증 등의 인지장애는 뇌 신경세포의 손상이 원인으로 알려져 있는데, 카테킨이 신경세포의 손상을 막거나 회복 효과를 가졌다는 것은 실험쥐를 이용한 시험을 통해 이미 판명됐지만, 사람에게도 효과가 있음이 증명된 것은 이번이 처음이라고 한다.

구리야마 연구팀은 2002년 7~8월, 센다이仙台 시내의 70~96세 남녀 1,003명을 대상으로 생활습관 및 인지능력 등을 면접 조사했다고 한다. 녹차 섭취량을 기준으로 전체를 주 3잔 이하 그룹(16.9%), 주 4~6잔 이상 또는 하루 2잔 이하 그룹(10.8%), 하루 2잔 이상 그룹(72.3%)의 세 부류로 나누었다. 인지장애의 정도는 간단한 도형을 그리게 하거나 단어를 기억하게 하는 테스트 성적을 기초로 판정했다. 그 결과 주 3잔 이하 그룹이 인지장애에 빠져 있을 비율을 1.0으로 한 경우 주 4~6잔은 0.62, 하루 2잔 이상은 0.46으로 절반 이하였다는 것이다.

　영국 뉴캐슬대학 의약식물연구소 연구팀도 녹차 및 홍차에 치매 방지 효과가 있다고 밝혔다. 즉 녹차 및 홍차에는 치매를 진행시키는 아세틸콜린에스테라제의 활동을 억제하는 작용이 있다는 것이다. 효소의 활동을 억제하는 효과 측면에서 녹차와 홍차를 비교 연구한 결과, 녹차의 경우 마신 후 1주일 간 효과가 지속되었으나 홍차는 하루에 불과했다고도 한다. 이는 카테킨 용량의 차이로 볼 수 있는데, 홍차는 제다 과정에서 카테킨이 산화하여 카테킨의 함유량이 상대적으로 녹차보다 적기 때문이다.

다담에 써먹기 좋은 중국차 상식

신농이 만들고 육우가 마시다 🌿

    중국의 차는 워낙 오랜 역사를 가지고 있다. 게다가 우리나라와는 다르게 역사기록 중 차에 대한 기록도 적지 않게 많이 남아 있다. 거대한 나라답게 차의 종류도 헤아릴 수 없을 정도로 많고, 차의 종류가 많은 만큼 차를 만드는 제다법 또한 다양하다. 시대가 요구하는 새로운 차를 생산하기 위해 다양한 제다법으로 만든 차들이 나타났다가 사라지고 다시 나타나고 했을 것이다. 그러면서 향과 맛이 독특한 여러 차들이 남겨져 오늘에 이르고 있다고 할 수 있겠다.

    주周나라 시대에는 찻잎을 햇볕에 말려 서늘한 곳에 저장해 두고 마셨다고 하는데, 이는 현대에 와서도 만들어지고 있는 백차의 제다법과 같다고 볼 수 있다. 동한東漢 시대에는 주로 찻잎을 절구에 찧어서 전차塼茶나 병차餠茶로 만들었다고 한다.

    당나라 때는 이미 차가 다양화되었다. 찻잎을 시루에 찐 후에 절구에 찧어 틀에 찍어 막대에 꿰어 배로에 굽는, 기술적으로 매우 발달한 단차團茶를 만들기 시작했으며 황차, 녹차, 흑차를 만든 기록도 있다.

    이후 시대마다 여러 기록이 나오는데, 북송 시대에는 시루에 쪄서 만든 증청산차蒸靑散茶를, 남송 시대에는 솥에 덖어서 말린 초청산차炒靑散茶를, 명나

라 때에는 홍차를 생산하게 되었다. 청나라에 와서는 복잡한 기술이 필요한 청차, 즉 오룡차 제다법이 개발되어 새로운 차가 출현하였다.

이렇게 중국차는 오랜 역사와 더불어 끊임없이 새로운 기술이 개발되고 이어져 현대에 와서 '육대다류六大茶類'로 정립되었다고 할 수 있겠다.

신농

신농神農은 수정같이 투명한 배[腹]를 가지고 있어서 무엇을 먹든지 사람들이 그 속을 훤히 들여다볼 수 있었다고 한다. 당시의 사람들은 불로 음식을 익혀 먹는 법을 몰랐다. 나물이나 나무에 열린 과실, 생선이나 짐승의 고기 등 모든 것을 날것으로 먹을 수밖에 없었기 때문에 병에 걸리는 일이 많고 그로 인하여 수명도 짧을 수밖에 없었다. 이에 신농은 사람들이 음식물에 의한 중독이나 질병에서 벗어나도록 모든 식물을 먹을 수 있는 것인지 먹어서는 안 되는 것인지 관찰하기 위해 직접 먹어보았다고 한다.

그러던 어느 날, 흰 꽃이 핀 나무에 싹 튼 연한 잎을 맛보게 되었는데, 그 푸른 잎은 들어가자마자 곧 위에서 아래로, 아래에서 위로, 위장 곳곳을 다니며 위를 깨끗하게 하는 것을 보게 되었다. 신농은 그 신비한 푸른 잎을 가리켜 '사荼(cha)'라고 불렀고, 이에 후대 사람들은 '사荼(cha)'와 발음이 같은 '차茶(cha)'로 바꾸어 부르게 되었다고 한다.

신농은 오랜 세월 동안 온 세상을 두루 돌아다니며 온갖 종류의 풀들을 다 맛보았다. 하루에도 수차례씩 중독되기가 일쑤였는데 그때마다 차로써 해독하였다고 한다. 이에 후세 사람들은 "신농이 백 가지의 풀을 맛보며 매일 72가지의 독毒을 발견했는데, 차茶로써 그것을 모두 해독하였다"고 전했다. 그래서 중국인들은 신농씨가 최초로 차를 발견하고 이용했던 사람이라고 말한다.

기록에 의하면 당시 신농은 조그만 노란 꽃이 피어 있는 풀을 발견하게 되었는데, 그 꽃받침이 벌어졌다 오므라졌다 하며 움직이는 것이 너무 신기하여 그 잎을 따서 입안에 넣고 천천히 씹어 보았다. 잠시 후, 그는 배가 몹시 아파짐을 느끼고 차를 먹어 해독하려 했으나 차를 먹을 겨를도 없이 곧 그의 위장은 한 마디 한 마디씩 동강이 나 끊어져 버리고 말았다.

훗날 사람들은 신농을 죽음에 이르게 한 이 황색의 독초를 가리켜 신농의 창자를 끊어지게 한 풀이라 하여 '단장초斷腸草'라고 부르게 되었다고 한다.

이런 과정을 거쳐 나중에 기록된 『신농본초경神農本草經』은 중국 최초의 약물학에 관한 전문 서적으로, 『본초경本草經』, 혹은 『본경本經』이라고도 한다. 『본초경』은 최고最古의 본초서本草書로서, 1년 365일에 맞추어 365종의 약품을 상, 중, 하의 3품으로 나누어 각각 기미氣味와 약효와 이명異名을 서술한 책이다.

현재 우리가 사용하고 있는 한방 약재의 대부분이 신농 시대에 발견된 것이라 전해지니, 신농은 한약학의 전설이 아닐 수 없다.

육우

육우陸羽(733~804)는 중국 당나라의 문인이며, 자는 홍점鴻漸 또는 계자季疵, 호는 경릉자竟陵子, 상저옹桑苧翁, 다산어사茶山御使 등이다. 당나라 현종 개원 21년에 경릉군에서 태어났다는 설이 있으나 부모나 출생지에 대해서는 정확하게 밝혀진 것이 없다.

육우의 연표에 따르면 중국 복주 경릉에서 태어났다고 전해진다. 그는 태어난 지 사흘 만에 서쪽 서호의 강가에 버려졌다. 인근의 용개사 주지인 지적선사智積禪師가 새벽에 일어나 호숫가에서 기러기 떼 울어대는 소리에 가까이 가보니 새들이 깃털로 어린아이를 덮고 있어서 거두어 길렀다고 한다.

지적 스님이 그를 거두니, 후에 그의 성은 주지의 성을 따라 '육陸'으로 하였고, 이름은 점괘에 따라 '우羽'로 하였다. 그는 말더듬이였지만 웅변에는

능하였다고 한다.

　육우가 어릴 때, 지적 선사는 그가 승려가 되기를 내심 기대했지만 육우는 유교에 더 관심이 있었다고 한다. 그래서 지적 선사는 다른 생각을 하지 못하도록 육우에게 매우 힘든 일을 하게 하였지만, 육우는 대나무 가지로 가축의 등에 글씨를 써가며 글을 익혔다고 한다.

　그 후 육우는 절에서 도망 나와 극단에 들어가 단역 배우 역할을 한다. 나무인형, 아전, 구슬 감추기 등을 하는 단역 배우였던 그는 얼굴이 못생기고 말마저 심하게 더듬었다. 하지만 성실하고 재주가 많아 사람들의 사랑을 받

가루차를 만들기 위한 차맷돌

았다고 한다. 그러던 육우의 삶이 바뀌게 되는 것은 20세 때인데, 경릉으로
좌천되어 온 예부랑중 최국보와 교분을 가지게 되면서부터이다. 최국보와 의
형제를 맺은 육우는 그와 함께 시서화뿐만 아니라 차에 대한 다양한 담론을
펼치게 된다.

　서기 756년, 육우는 안사의 난을 피하기 위해 강남江南으로 피신하였고,
상원년간上元年間에 오흥吳興(현재의 저장성 우싱구)에 암자를 만들고 은거하면서
호를 '상저옹桑苧翁'이라 하고 저서를 집필하였다. 거기서 육우는 승려인 교
연皎然과 친분을 쌓게 되었고 여러 차 산지를 돌아다니며 차에 대해 연구하
게 되었다. 육우가 은거하는 동인 조정에서 그를 태자문학太子文學이나 태상
시태축太常寺太祝에 임명하였으나, 그는 관직에 나가지 않고 10년 후인 780
년에 14년 동안의 차 연구를 정리하여 『다경』 3권을 저술하였다.

　이를 보고 당나라 피일휴는 "주나라 이래로 오늘에 이르기까지 차에 대한
일은 경릉 사람 육계자의 말이 상세하다. 육계자 이전에도 명茗을 마신다고

하는 사람들이 있었지만 그들은 뒤섞어 삶아 마셨으니 시래기 삶아 마시는 것과 다름이 없었다. 육계자가 비로소 경 세 권을 지으니 그 근원과 제조법, 차 만드는 도구와 만드는 법, 차 끓이는 방법과 그릇, 차를 달여서 마시는 법 등이 자세히 분류되었다. 소갈증을 풀어주고 역기를 제거함은 비록 의원이라도 그와 같지는 않을 것이니 그 이익됨이 사람들에게 어찌 작다고 하리오"라고 하였다.

송나라의 진사도는 "무릇 차에 대한 저술은 육우로부터 비롯되고 세간에서의 쓰임 또한 육우로부터 비롯되니 육우야말로 진실로 차에 공이 있는 사람이다. 위로는 궁성으로부터 아래로는 읍리에 이르고 밖으로 융이만적에 이르기까지 손님 접대하고 제사 지낼 때 먼저 앞에 진설하고 산과 못으로써 저자를 이루고 장사를 하여 집안을 일으키는 것이 또한 사람에게 공이 있다는 것을 아는 것이 지혜롭다고 할 것이다"라고 하였다.

아무리 특이해도 6대 다류 중 하나

중국의 경우 차가 생산되는 지역이 상상 이상으로 넓지만, 그래도 특정 지역을 대표하는 차가 있어 그나마 다행이 아닐 수 없다. 보이현에서는 다른 차도 많이 나지만 이 지역을 대표하는 차는 역시 보이차라는 식이다. 이렇게 특정 지역의 대표적인 차를 말 그대로 명차라 하는데, 그 품질이 뛰어나서 널리 알려지고 오랜 세월 많은 사람들에게 지속적으로 관심을 받는 차들을 여섯 종류로 분류하여 '6대 다류'라고 한다. 중국의 넓은 땅은 넓어도 너무 넓어서 각기 다른 기후대가 한 나라에 분포되어 있다. 기후대가 열대나 아열대부터 1년에 겨울이 반인 추운 고산지대까지 광범위하다. 대부분의 차는 아열대기후에서 온대지역, 즉 서남쪽의 버마와 국경을 접하고 있는 윈난성부터 동남간에 이르는 지역에서 생산되는데, 하나의 성이 우리나라의 네다섯 배 넓이이니 각 지역의 명차만 꼽아도 수백 가지다. 어쩌면 세세하게 기술한다고 해도 장님 코끼리 만지기 격이 될 수 있다는 것을 염두에 두고, 단순하게 그들이 분류하는 6대 다류를 훑어보기로 한다.

육대 다류

중국은 차를 만드는 방법, 즉 제다법制茶法과 차의 탕색湯色을 기준으로 차

를 분류하여 크게 여섯 종류로 나누었다. 이를 흔히 '6대 다류茶類'라고 하는데 녹차綠茶, 백차白茶, 황차黃茶, 청차靑茶, 홍차紅茶, 흑차黑茶의 여섯 가지다.

녹차

우리나라 사람들은 중국의 차 그러면 제일 먼저 떠오르는 것이 보통 보이차나 오룡차일 것이다. 조금 더 안다는 사람들은 무이암차나 대홍포 등을 말한다. 이 차들이 중국 사람들이 좋아하고 늘 마시는 차라고 생각하지만 실은 그렇지 않다. 중국의 차 생산량 중 약 70%는 녹차이고, 나머지 30%가 기타

차들이다. 중국 사람들이 제일 많이 마시는 차는 녹차라는 얘기다.

일반적인 녹차는 찻잎을 따서 바로 살청하기 때문에 산화도가 낮지만, 중국 녹차는 실내위조를 해서 아주 가볍게 산화시키기도 한다. 제다법이 다양해서 크게 네 가지로 나뉘는데 초청녹차, 홍청녹차, 쇄청녹차, 증정녹차가 그것이다.

초청炒靑녹차는 가마솥에서 살청과 건조를 동시에 하면서 마무리한 차로, 향이 짙고 연한 초록색이다. 벽라춘碧螺春, 여산운무廬山雲霧, 서호용정西湖龍井 등이 여기에 속한다. 진주처럼 둥글게 말려 구슬과 같은 모양인 주차珠茶도 초청녹차에 속한다.

홍청烘靑녹차는 찻잎을 살청한 후, 건조기를 이용하거나 숯불을 쬐어 건조시켜 만든 차다. 진한 초록색을 띠고 있으며 찻잎의 성분이 크게 변하지 않도록 만든 차다. 대표적인 차로 황산모봉黃山毛峰, 태평후괴太平候魁, 육안과편六安瓜片 등이 있다.

쇄청晒靑녹차는 찻잎을 살청한 후 햇빛에 건조한 차이다. 보이차, 타차, 천량차, 육보차 등 흑차의 모차나 긴압차의 원료가 된다.

증청蒸靑녹차는 찻잎을 시루에 찌는 방법으로 만든다. 가장 오래된 녹차 가공법이다. 현재 중국 내에서는 그리 사용하는 곳이 드물어 알려진 차가 없다. 하지만 이 제다법은 일찍이 일본으로 건너갔고, 현재까지도 일본에서 가장 많이 만들어 내는 차가 증청녹차이다. 일본의 증청녹차로는 전차와 옥로차가 있다.

백차(산화도 약 5~15%)

중국 복건성福建省의 여러 지방에서 생산되고 있으며 정화政和, 복정福鼎 등이 주산지이다.

백차라는 명칭은 중국차 역사에서 오래전부터 있었지만, 현재 우리에게 널리 알려진 백호은침은 19세기 중후반부터 복건성에서 생산되기 시작했다. 그런데 이 백호은침은 일반 차나무의 싹으로 만드는 것이 아니다. 오랜 시간을 거쳐 많은 품종 중 선택된 정화政和 지역의 정화대백종, 복정福鼎 지역의 복정대백종이라고 하는 차나무의 싹으로 만든다. 하얀 솜털로 덮인 크고 살이 도톰한 싹을 가진 차나무 품종이다.

요즘에는 백차 수요가 늘면서 차를 생산하는 곳마다 이를 만들기 시작했다. 중국에서도 안휘성을 비롯한 여러 지방에서 만든다. 닐기리, 다르질링, 아쌈 등은 물론이고 우리나라에서도 몇몇 차 농가에서 실험적으로 만드는 것을 시도하기도 한다.

백차는 찻잎을 어떤 과정도 거치지 않고 그대로 말린 것이기 때문에 차의 성미, 즉 한寒한 성미가 있어 열을 내려주는 약성이 있으므로 한약재로 사용되기도 한다.

황차(산화도 10~25%)

중국의 황차는 외형상으로는 녹차와 비슷해 구별하기가 쉽지 않은데, 완성된 찻잎의 색이 푸르면서도 가벼운 황색을 띠고 있다. 황차는 백차처럼 싹 즉 일지一枝로만 만든 황아차黃芽茶, 일지에 첫 번째 잎 즉 일지一枝나 일지일엽一枝一葉으로 만든 황소차黃小茶, 또 일지이엽一枝二葉이나 삼사엽三四葉으로 만든 황대차黃大茶가 있다.

황아차에는 군산은침群山銀針, 몽정황아蒙頂黃芽 등이 있고, 황소차에는 북향모첨北香毛尖, 온주황탕溫州黃湯 등이 있으며, 황대차에는 곽산황대차藿山黃大茶, 광동대엽청廣東大葉青 등이 있다.

백차가 건조하는 과정에서 약하게 산화 작용이 일어난다면, 황차는 일단 솥에서 덖어낸 찻잎을 유념하여 찻잎을 두텁게 쌓아놓아 약 퇴적시키거나 찻잎을 모아 천으로 싸서 열풍이나 자체 열로 약퇴 시키는 과정을 거치면서 찻잎이 약간 노란색으로 변한다. 이 과정을 민황悶黃이라고 한다. 민황悶黃은 황차를 만드는 과정의 특징이다.

우리나라의 황차는 중국의 황차와는 제다법이 다르다. 중국 황차의 경우 첫 과정이 녹차를 만드는 것과 같이 덖는 과정이다. 반면에 우리나라의 황차는 덖는 과정이 없으며, 찻잎을 시들려 유념하기, 즉 비벼서 말리는 과정에서 산화도를 열과 수분으로 조정하여 만든다. 이 과정이 홍차를 만드는 과정과 비슷하므로 우리 황차는 홍차에 속하는 것이라고 하는 사람들이 있으나, 그렇다면 덖는 과정, 즉 살청 과정을 거치지 않는 차는 모두 홍차의 범주에 넣어야 한다는 주장과 같으니 무리가 있다.

오룡차(산화도 20~65%)

복건, 광동, 타이완 등지의 차농들은 처음에는 모두 청차靑茶라는 명칭을 사용했다. 그러다 차나무의 품종이 개량되어 보급되면서 차나무의 품종에 따라 그 이름을 다르게 짓기 시작했다. 예컨대 철관음鐵觀音 품종의 차나무 잎으로 만든 차는 철관음鐵觀音이라 하고, 수선水仙 품종으로 만든 차는 수선水仙이라 하였으며, 오룡烏龍 품종으로 만든 차는 오룡차라 하였다. 복건성「안계현지安溪縣誌」의 기록에 의하면 청차는 1725년경부터 만들었다고 한다.

오룡차는 1830년경부터 복건성의 안계安溪, 무이산 등에서 대량 생산하기 시작하여 후에 복건성 전역, 타이완, 광동 등에서도 생산하였다고 한다. 무이산에서는 자신들이 오룡차의 본향이라는 주장을 펴고 있다.

홍차(산화도 85% 이상)

일반적으로 중국 홍차는 인도나 스리랑카 홍차보다 부드럽고 달콤하다. 제다법의 차이도 있지만, 무엇보다도 어린 고급 찻잎으로 만들기 때문이라고 할 수 있다.

홍차는 중국의 여러 차들 중에서 가장 늦게 만들기 시작한 차이다. 17세기 초 복건성福建省 무이산武夷山 동목촌桐木村에서 최초의 홍차인 정산소종正山小種이 만들어졌다. 1876년 기문시祁門市에 홍차 공장이 설립되었는데, 이때부터 중국에서 홍차를 대량 생산하기 시작했다. 중국 홍차는 영국을 비롯한 유럽에서 많은 사람들이 좋아했고 많은 양의 홍차를 수출하였다.

안휘성에서 생산되는 기문홍차는 세계 3대 홍차로 꼽힌다. 호남성의 생산량이 가장 많고, 광동, 운남, 강서, 안휘, 광서, 귀주, 해남도 순으로 생산된다. 기문홍차로 대표되는 OP 타입, 즉 파쇄하지 않고 작은 잎으로 만들어 스트레이트로 마실 수 있는 타입의 홍차인 '공부홍차工夫紅茶'와 19세기 말 영국인에 의해 개발된 분쇄형 홍차인 '분급홍차分級紅茶'가 대부분이며 최근에는 CTC 홍차도 생산된다.

여기서 잠깐 홍차의 등급에 대해 알아보자. 홍차는 차의 모양과 크기에 따라 여러 명칭과 등급으로 분류한다.

OP(Orange Pekoe)는 채취한 잎을 자르지 않고 그대로 만든 홍차라는 뜻이다. 중국이나 인도에서 많이 생산되는 차로, 보통 1~1.5cm 정도 크기의 어린싹(Tippy)으로 만든다. FOP나 FTGFOP 등의 표시는 찻잎이 OP 타입이며 어린싹을 많이 포함하고 있다는 뜻이다.

BOP(Broken Orange Pekoe)는 OP 크기의 잎을 분쇄하여 만든 차라는 의미다. 찻잎이 2~3mm 정도로 분쇄되어 있다. 어린싹을 포함하고 있으며 보통 스리랑카 홍차에서 많이 볼 수 있다.

F(Fannings)는 찻잎의 크기가 보통 1mm 정도로 가루와 같은데, BOP를 만들 때 체 아래로 떨어진 작은 잎을 말한다. 진하고 강한 떫은맛이어서 티백용으로 많이 사용된다.

D(Dust)는 찻잎 중에서 가장 작은 분말 정도의 크기를 말한다.

중국의 홍차들 가운데 가장 널리 알려진 것으로 기문홍차, 정산소종, 운남홍차가 있다.

기문홍차는 세계 3대 홍차로 손꼽히는 차로, 중국 남동부 안휘성 황산산맥 주변에서 생산된다. 안휘성은 온난하면서 연중 200일은 비가 내리고 산간지역은 일교차가 크다. 차나무를 재배하기 적합한 기후와 풍토다. 독특한 맛과 향을 추구하며, 찻잎을 부서뜨리지 않고 온전한 형태를 살려 만든다. 찻잎 수확은 연 4~5회 하며 숙련된 기술자들이 전통적인 방법으로 차를 만든다. '공부홍차工夫紅茶'라고 하기도 한다. 제다 후 6개월에서 1년 정도 숙성시킨다. 대게 스트레이트로 마시지만 때로는 밀크티로 마시기도 한다.

정산소종(랍상소우총)은 복건성 무이산 동목촌에서 만들어진 세계 최초의 홍차로 알려져 있다. 해발 1,000m가 넘는 지역인 동목촌은 기온이 낮은 곳이어서 소나무를 태워 훈증시켜 그 연기 향을 차에 첨가했다. 이로써 훈연향이 가득한 홍차가 만들어졌다. 우리나라 사람들이 이 차를 처음 마셨을 때 받는 인상의 대부분은 '정로환'이라는 약의 냄새와 비슷한 냄새가 나서 거북하

다는 것이다. 하지만 이 차는 유럽, 그중에서도 독일 사람들이 매우 좋아하는 차 중의 하나이다. 이는 식생활과 연관이 되는데, 그쪽 사람들은 훈제음식에 익숙하기 때문에 매우 친근한 향이라고 느끼는 것이다.

그런데 요즘 중국의 정산소종은 완전히 새로운 단계로 접어들었다. 정산소종 생산 농가들은 약 냄새를 연상시키는 훈연향이 나는 랍상소우총의 특성을 버리고, 달콤하고 기품 있는 향을 가진 차를 만들려고 노력해왔다. 그 결과 좋은 맛과 향을 가진 새로운 홍차를 만들게 되는데, 금아金芽가 반짝이는 고품질 홍차인 금준미金駿眉가 그렇게 탄생했다. 2007년 시장에 등장하자 많은 사람들이 감탄하고 좋아하여 고가로 판매되었다. 최근 운남, 귀주, 호남, 안휘 등 다른 홍차 산지에서도 이에 맞는 고급 홍차들을 생산하기 시작했으며 금아를 많이 함유한 홍차를 생산하여 금준미라고 하기도 한다.

운남홍차는 다른 홍차와는 근본적으로 다르다고 할 수 있다. 우선 운남의 홍차는 운남의 주 생산품목인 보이차를 만드는 교목의 큰 잎으로 만든다. 그 결과 교목만이 지닌 독특한 향과 맛이 나는 특별한 홍차가 되었다.

흑차

흑차라고 하면 보이차普洱茶를 말하는 것으로 많은 사람들이 오해하지만, 실은 차에 조금만 관심을 가진 사람이라면 그렇지 않다는 것을 쉽게 안다. 보이차를 포함하여 호남흑차湖南黑茶, 호북노청차湖北老青茶, 사천변차四川邊茶 등이 흑차의 대표적인 차들로, 티베트나 몽골 쪽으로 팔기 위해 만든 차들이라고 보면 된다.

　〈차마고도〉라는 인기 텔레비전 프로그램을 본 사람들은 윈난에서 티베트로 연결되는 험한 산길만을 차마고도茶馬古道로 알고 있는 경우가 더러 있다. 하지만 고대의 차 무역로는 이 하나가 아니었으며, 흑차가 나는 지방에서 고원지대에 있는 나라로 차를 팔러 다니던 길이 몇 개 더 있었다.

　흑차의 제다 공정은 살청殺靑 → 유념揉捻 → 악퇴渥堆 → 건조乾燥의 순으로 이루어진다. 그중에서 악퇴渥堆는 흑차 제다에서만 볼 수 있는 특별한 공정으로, 흑차의 품질이 좌우되는 가장 중요한 공정이다.

중국에서 제일 잘나가는 녹차의 제다법

중국의 녹차 산지는 워낙 광범위하고 여러 곳이라 통일된 제법은 없으나 각 생산지마다 특징과 원칙은 분명히 있다.

녹차는 육대다류 중에서 제다 과정이 가장 단순하다. 일반적으로 아래와 같은 세 가지 공정으로 이루어진다.

살청殺靑 → 유념揉捻 → 건조乾燥

녹차는 의도적(?)인 산화가 거의 없으니, 첫 덖음을 하거나 찔 때 산화효소가 작용하지 못하게 잘 익힌다. 산화효소가 영향을 발휘하지 못하도록 첫 번째 덖거나 찌는 시간은 적어도 7분에서 8분 이상의 시간을 두어 차를 잘 익힌다. 대체로 찻잎에 들어있는 산화효소는 섭씨 80도 이상에서 7~8분 정도 노출되면 활동이 정지된다.

대표적인 중국 녹차인 용정차의 경우를 살펴보자. 첫 번째 덖음의 경우 솥의 온도 80~100도에서 10분 이상 덖어 살청을 하고, 꺼내어 1시간 정도 식히며 수분을 줄인다. 두 번째 덖음은 솥의 온도 60~80도에서 솥의 전에 손으로 찻잎이 평편해지도록 눌러주면서 수분량이 6~7% 정도까지 떨어지도

록 말려가며 덖는다.

　중국의 녹차는 대부분 초청녹차炒淸綠茶로, 초청은 장초청, 원초청, 세눈초청 등으로 구분한다.

　장초청은 뒤틀린 막대 모양의 차를 만드는 초청 방법이다. 대표적인 예로 미차眉茶가 있다. 이름 그대로 모양이 눈썹과 같다고 해서 눈썹 미眉 자를 붙여 미차라 한다. 안휘, 절강, 강서 3성이 주요 산지로 안휘성은 둔록미차屯綠眉茶나 서록미차舒綠眉茶, 절강성은 수록미차遂綠眉茶나 항록미차杭綠眉茶, 강서성은 록미차綠眉茶나 효록미차曉綠眉茶라고 한다. 이외에도 호남성의 상록미차湘綠眉茶, 호북성의 악록미차鄂綠眉茶, 귀주성의 검록미차黔綠眉茶 등 여러 지방에서 만들고 있다.

원초청円炒青(구슬 모양)

원초청은 둥근 모양으로 녹차를 만드는 초청의 방법이며, 이렇게 만들어진 차는 그 모양이 둥근 진주와 같으므로 주차珠茶라고도 한다. 주차는 저장성의 소여紹興나 봉화奉化를 포함한 수평다구水平茶区의 특산으로, 일반적으로는 수평주차라고 불린다.

세눈초청細嫩炒青

세눈초청은 세눈, 곧 가늘고 연한 싹을 채취하여 가공할 때의 초청 방법이다. 이렇게 만들어진 차의 외형은 천자백태千姿百態로서 평평한 것, 뾰족한 것, 둥글고 갸름한 것, 곧고 침 같은 것, 구불구불한 것, 넓적한 것 등 매우 다양하다. 물에 우리면 대다수의 찻잎이 떨기처럼 피어나고, 찻물이 맑고 잎이 푸르며, 향기가 그윽하고 맛이 깔끔하다. 차를 많이 넣어도 쓰지 않고 뒷맛이 달콤하다.

홍청녹차烘青緑茶(불로 쬐어 살청한 것)

불로 쬐어 살청하는 방법으로 만든 녹차를 홍청녹차라고 한다. 홍청녹차는 그 외형이 초청녹차처럼 윤기가 나지 않으며 단단하지도 않지만, 그 줄기가 튼실하고 완정完整하여 싹의 봉오리가 항상 보이며 하얀 솜털이 드러나 있는 것이 특징이다. 찻잎의 색이 푸르면서 윤기가 나고, 우려낸 찻물은 향기가 상큼하고 맛이 깔끔하며, 잎이 가라앉으며 연한 녹색으로 아주 밝다.

산지는 중국 전 국토에 걸쳐 있는데, 주로 생산되는 곳은 절강성, 안휘성, 복건성, 호북성, 호남성 등이다. 특히 안휘성 남부와 절강성 서부 일대가 양질의 산지로 알려져 있다.

주로 각종 꽃을 더하는 화차花茶의 모차로 사용한다. 꽃향기가 더해진 홍청녹차를 홍청화차烘青花茶라 부르며, 아직 더해지지 않은 모차는 소차素茶 혹은 소배라고 한다. 홍청녹차는 향의 흡착성이 좋아 화차로 만들기 위한 재가공 원료로 이용된다. 우리나라 사람들에게도 친숙한 자스민차 등에도 이 제다법이 사용되고 있다.

또 가늘고 여린 싹과 잎만을 채취하여 정교하게 만들어 낸 홍청녹차를 세눈細嫩 홍청녹차烘青緑茶라 한다. 세눈홍청은 줄기가 아주 가늘고 구불구불한데 하얀 솜털이 드러나 있고 푸른색에 향이 진하며 맛은 맑다. 대표적인 차로는 안휘성의 황산모봉黃山毛峰과 태평경후괴太平耕猴魁, 절강성의 안탕옥로雁蕩玉露가 있다.

반초반홍半炒半烘의 제다법

초청炒靑인 덖기와, 불을 쬐어 말리는 홍청烘靑을 적절히 조정하며 차를 만드는 제다법이다. 이 제다법은 초청녹차炒靑綠茶의 특징과 홍청녹차烘靑綠茶의 특징을 살려 그대로 보존하고 있으므로 최근 이 제다법이 많이 사용되고 있다.

증청녹차蒸靑綠茶

증청은 고대로부터 가장 먼저 개발된 제다법 중의 하나이다. 찻잎을 증기로 찐 다음 비벼서 차의 형태를 만들어 널어 말린 차라고 보면 된다. 증청녹차는 보통 차의 색이 푸르고, 차탕이 푸르며, 우린 찻잎도 푸른 것이 특징이다. 현대의 증청녹차로는 전차煎茶와 옥로玉露 등이 있다. 전차는 주로 절강성, 복건성, 안휘성 등 3성에서 생산되고, 대부분 일본으로 수출되고 있다고 한다. 옥로차 중에는 호북성 은시의 은시옥로가 증청녹차의 전통적인 특징을 그대로 보존하고 있다는 평이다.

쇄청녹차晒靑綠茶

찻잎을 증청한 다음 비벼서 햇볕에 널어 말린 녹차를 쇄청녹차라 한다. 쇄청녹차는 중국 서남부의 각 성이 주요 산지이다.

사천성의 쇄청녹차를 천귀川貴, 귀주성의 것을 검청黔靑이라 한다. 흑차로 전차나 완상碗狀으로 누른 차나 타차는 쇄청녹차를 원료로 사용하여 후산화를 촉진시켜 만든 것이다.

떡잎부터 다른 백차의 제다법

찻잎 속에 있는 산화효소의 작용을 이용해 만든 차 중에 가장 가벼운 산화작용을 유도한 차가 백차다. 가공 공정도 가장 간단하여 비비기, 즉 유념도 하지 않는다. 중국에서 생산되는 6대 다류 가운데 그 생산량이 가장 적다. 어린싹으로 만든 차는 외관이 흰털로 쌓여 있고 탕색도 아주 연한 황색을 띤다.

원료의 잎은 일반적으로 대백차大白茶라는 품종의 차나무 싹 일지一枝로 만드나, 요즘엔 다른 품종의 찻잎으로도 만들고 있고 반드시 일지로만 만드는 것도 아니어서 일창이기로도 만든다. 그 제다법을 간추려 소개하면 다음과 같다.

1. 이 차는 첫 번째 시들리기 작업이 가장 중요하다. 이 시들리기 작업은 찻잎이 겹쳐지지 않게 낱낱이 펼쳐 널어야 한다.

2. 펼쳐 널어놓은 찻잎은 햇빛에 널었다가 실내로 들였다가 다시 반복하기를 거듭하며 수분이 30%가 될 때까지 한다.

3. 솥이나 홍배기의 온도가 80~100도에서 수분이 6%로 될 때까지 한다.

4. 제다 과정에서 생긴 여러 가지 정제되지 않은 것들을 골라내고 완전히 건조시켜 완성한다.

띄워서 만드는 황차의 제다법 ✿✿✿✿✿

황차 제다법은 원래 녹차를 만드는 과정에서 우연히 발견되었다고 한다. 녹차를 만들기 위해 살청殺靑과 유념揉捻의 과정을 끝내고, 건조하는 과정에서 수분이 많은데도 불구하고 두텁게 널어둔 채 제대로 주의를 기울이지 않아 찻잎이 변색되며 만들어진 차라는 것이다. 그런 과정 중에 녹차와는 다른 독특한 향과 맛이 생겼고, 결국 녹차와는 전혀 다른 새로운 종류의 차가 탄생한 것이다. 후에 그 과정을 민황悶黃, 누렇게 띄우기라고 하여 황차를 만드는 독특한 제다법의 과정으로 발전하게 되었다.

살청殺靑

찻잎을 솥에 덖어 산화효소의 활동을 중지시킨다. 잘 익혀서 꺼낸 찻잎을 유념하여(비벼서) 찻잎의 형태를 만들어 준다.

민황悶黃

잘 비빈 찻잎을 통풍이 되지 않게 천으로 덮어 밀폐하든지, 천으로 만든 자루에 넣어 궁글려 뭉쳐 황변黃變이 일어나도록 유도한다. 이 과정을 보고 띄우는 공정이라고 한다. 이때 자칫 잘못 방치하면 차가 쉴 염려가 있으니 주의

해서 살펴야 한다.

건조乾燥

황차의 건조는 일반적으로 몇 차례에 걸쳐서 진행된다. 건조 방법은 홍건烘乾과 초건炒乾의 두 가지 방법으로 한다. 홍건은 홍배의 개념과 비슷한데, 예전에는 숯불에 재를 덮어 약하고 은근한 열기로 건조를 시켰으나 현대에는 건조기 대부분에 온도 조절 장치가 있어 숯불을 대신하고 있다. 초건은 말 그대로 솥에 볶아 건조시키는 것을 말한다.

상처에서 맛이 나는 오룡차의 제다법 🌿

오룡차는 다른 말로 청차라고도 한다. 찻잎을 시들릴 때 소쿠리에 넣고 흔들어 잎끼리 마찰을 일으키게 함으로써 상처를 내고, 이렇게 산화를 촉진시켰다가 의도하는 정도가 되었을 때 뜨거운 솥에 넣어 덖음으로써 산화효소의 작용을 정지시켜 만드는 차이다.

찻잎 시들리기

찻잎을 그늘에 널거나 햇볕에 널어 시들리기를 한다. 시들릴 때 흔들어 마찰을 시키거나 잎을 뒤적거려 찻잎의 가장자리부터 산화가 일어나게 유도한다. 또 열풍에서 뒤적거려 수분량과 산화 정도를 조절하는 경우도 있다.

잎의 상태와 산화되며 일어나는 향기 등으로 판단하여 살청殺靑 시기를 판단한다.

살청殺靑

찻잎을 뜨겁게 덖어 산화효소의 작용을 멈추게 한다. 이렇게 뜨겁게 익혀 덖은 찻잎은 유념 과정으로 넘긴다.

유념揉捻

말 그대로 하면 손가락으로 집어 부드럽게 주무르는 것으로, 멍석이나 두꺼운 무명천에 비벼 차의 형태를 만들어 주는 과정이다. 찻잎에 작은 생채기를 내어 차가 잘 우려지도록 하는 과정이다. 요즘에는 유념기가 있어 10여 분 유념하면 차의 형태를 만들어 준다.

건조乾燥

바람이 잘 통하는 그늘이나 뜨거운 열기를 쪼여 건조시킨다.

타이완에서 생산되는 백호오룡

홍배烘焙

마른 차에 열기를 쏘여 원하는 향과 맛이 나오도록 유도하는 작업이다.

같은 오룡차(청차)라도 생산하는 지역마다 서로 다른 독특한 맛과 향을 추구하는 것이 보통이다. 그런 만큼 제다법도 조금씩 다르다. 하지만 크게 보면 산화효소의 작용을 어떻게, 어느 때, 얼마나 유도시키느냐 하는 정도의 차이가 있을 뿐이다. 이 과정을 잘 연구하면 우리나라에서도 다양한 차를 만들어 낼 여지가 있을 것으로 여겨진다.

스트레이트로 마시는 중국 홍차의 제다법

홍차 역시 산화효소를 유도해 만드는 여타의 차들과 유사한 방식으로 만든다. 정도 차이는 있으나 모두 비슷한 과정 즉 '위조, 유념, 산화, 건조'의 네 단계를 이용해 만든다.

위조萎凋

홍차는 이 시들리기 과정을 실내에서 진행한다. 실내 온도는 22~27도, 습도는 60% 이하가 되도록 한다. 보통 16시간에서 20시간까지 수시로 뒤집어주며 시들려야 한다. 요즘에는 이 조건을 맞출 수 있는 기계가 있어 대량으로 생산하는 공장에서 이용한다.

유념揉捻

같은 유념이지만 오룡차의 그것과는 다른 작업이다. 오룡차는 살청의 단계를 이미 거쳤기 때문에 찻잎의 형태를 바로잡는 데 더 의미가 있다. 하지만 홍차의 경우 세포막에 상처를 나게 하여 산화효소의 활동을 급격히 촉진시키는 데 목적을 두고 있다. 실제로 이 과정을 격은 찻잎들은 점점 짙은 갈색으로 변하는 것을 볼 수 있다.

산화효소의 활성화

유념하여 뭉친 찻잎을 낱낱이 잘 털어 실온 20~26도의 실내에 두텁게 널어 자주 뒤집어 주며 산화를 촉진한다. 이 과정을 3~4시간 동안 한 후 원하는 향기가 생성되면 다음 과정으로 넘어간다.

건조

이때까지의 과정에서는 산화효소의 작용을 촉진시키기 위하여 수분과 온도를 지켰다면, 이 작업은 산화효소의 작용을 멈추게 하는 과정이므로 높은 온도의 솥에 덖어내든지 온도 조절이 가능한 건조기에 넣어 80도 이상의 뜨

거운 바람으로 찻잎의 수분을 5% 이하로 건조시킨다.

　이상은 스트레이트로 마실 수 있는 홍차의 기본 제다 과정이다. 다양한 홍차가 나오는 만큼 제다법도 각각의 홍차마다 조금씩 변형되어 이용되고 있다.

맛도 모양도 각양각색인 흑차의 제다법

흑차의 제다 공정은 '살청殺靑 → 유념揉捻 → 악퇴渥堆 → 건조乾燥'의 순으로 이루어진다. 그중에서 악퇴는 흑차 제다에서만 볼 수 있는 특별한 공정으로 흑차의 품질이 좌우되는 가장 중요한 공정이다.

여기서 보이차는 흑차의 범주에 과연 넣을 것인가 고민할 필요가 있다.

보이차는 제다 공정에 따라 두 가지로 나눌 수 있다. 우리가 흔히 알고 있는 청병과 숙병이 바로 그것이다. 그런데 청병의 경우에는 제다법상 거의 녹차에 가깝고, 숙병만이 여느 흑차의 제다법에 가깝다고 할 수 있다.

살청殺靑

섭씨 130~150도의 솥에서 10여 분간 덖어 익힌다.

유념揉捻

기계로 20~30분간 유념하여 차의 형태를 만들어 준다.

건조乾燥

하루 동안 햇볕에 널어 건조시킨다.

여기까지가 보이차의 모차를 만드는 과정이다. 이 모차를 면포 주머니에 무게를 달아 담고, 수증기를 쐬어 눌러 보이차의 형태를 만들어 건조실로 옮긴다. 다음은 숙병이라 부르는 흑차의 제다 공정이다.

퇴적堆積

건조된 모차에 습도 20~30%가 되도록 30~40도 정도의 물을 뿌리고 뒤섞어 주는 작업을 약 1주일 간격으로 3번에 걸쳐 하게 되는데, 1차 때 차 속의 온도가 60~70도 정도 되어야 하고, 2차 때는 50~60도 정도, 3차 때는 40~50도 정도가 되게 조정 퇴적시켜야 한다.

재건조 再乾燥

재건조는 하루 동안 햇빛을 쐬어 건조시키는 과정이다. 여러 선별 과정을 거쳐 흑차 모차가 완성된다. 이 모차를 병차로, 혹은 전차로 긴압하여 상품으로 만든다.

이상으로 6대 다류의 제다법을 개괄적으로 살펴보았다. 하나의 명차를 만들기 위해 그 제다법을 습득하려면 적어도 10년 이상의 긴 시간이 필요하다. 여기에 열거한 제다법은 극히 기본적인 것으로, 여기에 섬세한 기술이 더해져야 비로소 차라고 할 수 있을 것이다.

몇 번을 강조해도 부족한 것은, 차는 찻잎이 가지고 있는 산화효소의 작용을 어떻게 조정하느냐에 따라 세상의 온갖 차들이 만들어진다는 사실이다.

다섯째 잔

차의 실체가 보이는 제다 이야기

우리나라 전통차의 원류를 찾아서 🌿

우리나라의 차는 겉으로 보기에는 일제강점기 때 전남 보성군에 자국의 차와 수출용 홍차를 생산하기 위해 일본인들이 만들었던 큰 차밭들이 남아 그 명맥이 유지되어 온 것처럼 보이나 실제로는 그렇지 않다. 남부지방의 사찰을 중심으로 남아 있던 차밭들과 예부터 만들어온 제다법이 알음알음 내려오고 있었으며, 스님들의 일상의 중심에서 늘 함께하던 차가 뜻있는 이들에게 전해지고 그 제다법이 다시 밖으로 전해지게 되어 지금의 모습으로 발전해 왔다고 해도 과언이 아니다.

전남의 경우 조계산 송광사와 선암사, 영광 불갑사와 해남 대흥사, 지리산 화엄사 등에서, 전북의 경우 고창 선운사에서, 경남의 경우 진주 다솔사, 화개 쌍계사, 하동 칠불암, 양산 통도사 등에서 스님들이 직접 차를 만들어 마시는 가풍이 있어 지금까지 오롯이 전해 내려오고 있는 것을 볼 수 있다.

이들 사찰의 제다법은 각 사찰마다 조금씩 차이가 있는데, 크게 나누어 송광사, 선암사, 대흥사에는 덖음법이 전해오고 있고, 다솔사에는 물에 데치는 자비법煮沸法이 전해오며, 불갑사에는 덖기 전에 솥에 물을 한 종지 넣는 반증반부법半蒸半釜法의 제다법이 전해오고 있다.

차를 덖기 위한 솥

　　이들 제다법은 우리나라 제다법의 뿌리라고 할 수 있는데, 현재는 송광사,
선암사, 대흥사에 뿌리를 둔 덖음법이 주로 많이 알려져 있다.

절집에 전해지는 전통차 제다법 🌿

자비법煮沸法

찾잎을 뜨거운 물에 재빨리 데쳤다가 식혀 물기를 제거한 후 유념하여 뜨거운 방에 말리거나 여러 번 덖기를 반복해서 완성시키는 차이다.

반증반부법半蒸半釜法

우선 뜨거워진 차 솥에 한 종지의 물을 붓고 찾잎을 넣어 솥의 뚜껑을 닫았다가 찾잎을 뒤집어가며 익힌 다음 유념을 하여 뜨거운 방에 창호지를 깔고 널어 식혔다가 다시 덖기를 여러 번 반복하여 완성시키는 차이다.

덖음법釜炒法

뜨거워진 솥에서 찾잎을 골고루 뒤집어가며 익혀 꺼낸 뒤 유념을 하여 식히고, 다시 여러 번 덖기를 반복하여 완성시키는 차이다.

이 덖음 제다법은 60년대 말, 70년대 초부터 절집 바깥으로 알음알음 알려지게 되었다. 지금 화개와 보성에서 수공으로만 만드는 수제차를 생산하는 사람들은 대부분 이 제다법으로 만들고 있다 할 수 있다.

기타

근래에 들어 우리나라의 옛차 관련 기록을 찾아내고 이를 재현하기 위한 노력들이 펼쳐지고 있다.

장흥의 청태전, 김해의 장군차 등 이미 상품으로 출현한 차들이 있는가 하면 백운옥판차와 같이 복원 중인 차들과 새로운 제다법을 통해 신상품으로 개발된 차들도 있다.

앞으로 수십 년 안에 많은 종류의 차들이 등장하고 자리 잡을 것이라 기대해 본다.

제다법이 구구각색인 이유는?

애초의 차는 어느 나라에서 시작되었든 간에 모두 비슷한 제다법으로 출발했을 것이다. 찻잎을 따다가 있는 그대로 물에 우려 마시거나, 끓인 뒤에 무엇인가를 섞어 마시는 방법이 우선 나타났을 것이다. 그러다가 오래 두고 마실 궁리를 하면서 찻잎을 말려 보관하는 방법을 터득했을 것이다. 이때 말리는 방법에는 크게 두 가지가 있었다. 우선 산나물을 말릴 때처럼 물에 데치거나 삶아 익혀서 말리는 방법이 하나다. 다른 하나는 약재를 말리듯 생으로 말려 보관하는 방법이다.

차에 대하여 전문적으로 기록한 최고의 문헌으로는 『다경』이 흔히 거론되는데, 육우가 이 책을 펴낸 연대가 733년이었다. 그 이후 차에 관한 책들은 시대를 거치며 수없이 많이 나왔는데, 그 기록들을 일별해보면 각 시대의 차 모습과 마시는 다법을 알 수 있다.

육우가 『다경』을 집필한 시기는 당나라 시대로, 그 책의 내용에 따르면 그 시대에는 차를 수증기로 쪄서 절구에 찧고, 틀에다 찍어 말려두었다가 마실 때 잘게 부수어 끓는 물에 넣어 끓여 마셨음을 알 수 있다. 거기다가 소금으로 간을 해 마시기도 하였다. 이렇게 마시는 음다법을 말 그대로 차를 삶아 먹는 방법이라는 뜻에서 자차법煮茶法이라고 한다.

송나라 시대로 내려와서는 지금의 말차라고 하는 가루차를 즐겨 마셨다고 기록되어 있다. 이때의 차 마시는 방법은 절구에 찧어 틀에 찍어 말려두었던 차를 다시 잘게 부수고, 차 맷돌로 갈아 고운 체에 쳐서 솔로 저어 마시는 것이었다. 이를 점차법點茶法이라 한다. 우리나라 역시 송대 및 명대에 중국과 교류가 활발하였으니 두 나라의 차 마시는 모양새는 크게 다름이 없었을 것이다.

우리가 요즘 많이 마시고 있는 차의 모습은 송나라 이후 명나라 시대에 이르러서 나타나고 있다.

우리나라의 기록에도 우리 옛차의 모습이 나타나 있지만, 유감스럽게도 차를 만드는 과정을 자세하게 기록한 문서는 초의 선사가 나타나기까지 보이지 않는다. 단편적인 기록들은 보이나 제대로 기록된 것은 없다고 할 수 있다.

모든 문화는 처해 있는 환경에 따라 서로 조금씩 다르게 발전한다. 작은 우리나라 안에서도 각 지방마다 다른 문화가 형성되어 있는 것을 볼 수 있는데, 차나무가 분포되어 있는 지역은 아열대지역에서 온대지방에 걸쳐 광범위하기 때문에 지역마다 다르게 차의 모습이 변한 것은 당연한 일이라 하겠다.

우리 주변의 모든 것들이 필요에 의해 만들어지거나 생겨나고, 필요성을 상실하면 사라진다. 어느 한 시대에 없어서는 안 되던 것들도 이제는 박물관의 구경거리로 나앉아 있는가 하면, 그마저 소용의 가치를 잃어 영영 사람들의 기억에서조차 사라진 것들은 얼마나 많던가. 그처럼 문화라는 것은 강물 같은 것이다. 강물은 언제나 같은 모습으로 도도히 흐르고 있는 듯하지만 흐르는 물은 언제나 새 물이다.

차도 약이나 식품에서 음료로 변화하면서 여러 가지 유형으로 발달하게 된다. 시대의 흐름에 따라 변화를 거듭하여 지금 우리가 접하고 있는 여러 가지 차로 변모되어 온 것이다. 어느 시대에는 많은 사람들에게 음용되던 차가 자취를 감추고, 다시 다른 모습으로 다가오기를 거듭하다가 오늘날 우리가 마시는 차의 모습으로 남게 된 것이다.

환경에 의한 변화

자연환경은 우리 삶의 형태에 큰 영향을 준다. 지금 생활에서 누리고 있는 모든 문화는 우리가 처한 환경에 적응된 것들이다. 특히 삶의 기본인 의식주 문화는 환경에 민감한 것들이어서 작은 차이의 환경 변화에서도 서로 다른 문화가 전개되는 것을 쉽게 알 수 있다.

지구촌에서 같은 지역이라고 분류하는 한중일 3국의 문화를 살펴보지 않아도, 좁다면 좁은 우리나라 안에서도 각 지역마다 조금씩 다른 문화 차이를 쉽게 볼 수 있다.

북쪽과 남쪽은 주거 형태부터 음식과 생활습관에 이르기까지 의식주 문화가 많이 다르다. 서쪽과 동쪽이 또한 다르고 해안 지역과 내륙 지역이, 들이 많은 곳과 산이 많은 곳이 다르다. 특히 음식 문화는 그 지역에서 생산되는 작물이나 기후에 많은 영향을 받기 때문에 지역마다 차이가 확연하다. 차도 예외일 수 없다.

물에 의한 변화

또 다른 변수는 물이다. 물에 의한 문화의 변이는 간과하기 쉬운데, 기후나 작물이 특정 지역의 음식문화에 외적인 차이를 만들어 낸다면 물은 내적인 차이를 만들어 낸다고 해도 과언이 아닐 듯싶다. 조금 과장되게 말하면 한중일 3국의 물맛 차이가 음식문화의 차이를 만들어 냈다고도 할 수 있다.

물은 실제로 음식문화의 변이에 아주 중요한 역할을 담당하고 있다. 예를 들어 설명해보자. 우리 밥상에서 흔히 볼 수 있는 반찬 중에 물김치인 동치미가 있다. 그런데 이 동치미를 만들 때는 거기에 들어가는 무를 비롯한 각종 재료들보다 더 중요한 것이 바로 물이다. 맛있는 동치미를 담그기 위해서는 아무리 멀더라도 좋은 물을 떠다가 소금으로 간을 한 뒤 이 물을 가라앉히는 것이 가장 먼저 하는 일이다.

우리나라는 예로부터 동양 3국 중에서 물이 가장 좋은 곳으로 널리 알려져 왔다. 그런 이유로 우리들 스스로는 물이 얼마나 음식문화에 많은 영향을 주는지 잘 실감하지 못한다. 어디를 가나 좋은 물을 손쉽게 구해 마실 수 있었기 때문에 그 중요성을 제대로 인식하지 못했던 것이다. 실제로 우리나라에서는 불과 수십 년 전만 해도 어디서든 흐르는 물이거나 샘솟는 물이거나 목이 마르면 거리낌 없이 떠서 마셔도 되었다.

중국은 요리의 왕국이라고 알려져 있다. 날아다니는 것 중에는 비행기, 다리가 달린 것 중에는 책상만 빼고 모든 것을 다 음식 재료로 쓴다고 할 만큼 다양한 요리를 즐기는 것으로 유명하다. 하지만 중국에서는 음식을 조리할 때 가장 많이 쓰는 것이 바로 기름이다. 기름을 쓰지 않는 요리는 물을 수증기로 올려 찌는 형태가 많고, 비교적 국물이 적은 요리가 많다. 국물이 있다고 해도 녹말을 푼다든지 식초나 강한 양념을 사용한다든지 해서 물의 맛을 숨기는 요리가 대부분이다.

중국은 매우 넓은 땅을 가진 나라로, 물이 비교적 좋은 지역과 안 좋은 지역으로 나뉜다. 그런데 물이 좋은 지역과 그렇지 않은 지역은 확실히 요리법에 차이가 있다고 한다. 대체로 동북쪽으로 올라오면서 탕 요리가 발달하는데 이는 바로 물의 영향이라고 할 수 있다.

음식문화가 물에 의한 영향을 받는 것과 같이 차도 그렇다. 차도 넓은 의미에서 음식의 범주에 드니 어쩌면 당연한 일이다.

구증구포와 삼증삼쇄의 진실

전통 제다법이라고 해서 딱히 어디서부터 어디까지라고 규정이 있는 것은 아니다. 제다법과 관련된 옛 기록이 많은 것도 아니다. 몇몇 문헌에 옛 제다법이 일부 기록되어 있을 뿐이니, 이를 근거로 옛사람들의 제다법을 추측해보는 것이 전부다. 그렇지만 현재 면면이 전해지는 제다법을 볼 때, 우리의 제다법이 우려할 만큼 전통에서 크게 벗어나지 않았음을 확인할 수 있다.

그런데 전통 제다법을 이야기할 때 빠지지 않고 등장하는 논쟁이 하나 있다. 몇 번을 덖어야 하는가 하는 논쟁이다. 예컨대 혹자는 세 번이면 충분하다고 하고, 혹자는 아홉 번을 해야 제대로 만들어진다고 한다.

다산의 삼증삼쇄三蒸三晒

이와 관련하여 우선 고찰할 수 있는 옛 기록으로는 다산이 자신의 막내 제자인 백운동의 이시헌(1803~1860)에게 보낸 편지가 있다. 이 편지에는 '삼증삼쇄'의 제다법이 등장하는데, 차를 만드는 사람이라면 금방 눈치챌 수 있듯이 이는 떡차 만드는 제다법을 말한 것이다. 떡차는 여린 찻잎을 증기로 쪄서 절구에 넣고 찧어 찰지게 만든 후, 다식판 같은 판에 박아 만드는 차이다.

삼증삼쇄란 직역하면 찻잎을 세 번 찌고 세 번 햇볕에 말린다는 뜻이다. 증

蒸은 '찐다'는 말이고, 쇄晒는 '햇볕에 쬐어 말리다'란 의미다. 그러므로 삼증 삼쇄는 찻잎을 찌고 햇볕에 말리는 과정을 세 번 반복한다는 말이다.

부연하면, 이때의 쇄는 사실 찻잎을 햇볕에 말리는 것과는 다소 차이가 있다. 우선 찻잎을 찌다보면 수증기가 찻잎에 맺혀 물기가 많아지게 마련이다. 이렇게 뜨겁고 물기가 많아진 찻잎을 멍석이나 광주리에 빠르게 펼쳐 널어 그 열기를 식혀가며 물기를 증발시키는 과정이 바로 쇄晒다.

첫 번째 과정에서는 찻잎을 쪄 잘 익힌 뒤 이를 식히며 물기를 마르게 한다. 두 번째로 익은 찻잎에 김을 올려 뜨겁게 쪄지면 다시 꺼내어 식히고 물기를 말린다. 이렇게 세 번을 하는 것은 찻잎의 성미를 다스리고자 함이다. 네 번이나 다섯 번 찌고 말리지 않는 것은 찻잎 자체가 종잇장 같아서 누르게 변하거나 물러져 이리저리 옮겨 작업하기가 용이치 않기 때문이다.

'그럼 한 번이나 두 번만 하지, 하필 왜 세 번?' 하는 의문이 든다. 찌는 목적이 단순히 익히는 것이라면 한 번으로도 충분하다. 그럼에도 불구하고 두 번에 그치지 않고 세 번을 한다는 것은 다른 목적이 있는 것이라고 볼 수 있다. 이때의 다른 목적이란 삼증삼쇄라는 말 속에 이미 포함되어 있으니, 이 말은 바로 한약재 다루는 방법, 곧 약재의 성미를 다스리는 방법에서 온 것이다. 다시 말해 차를 만드는 과정에 이 용어를 원용한 이유 역시 찻잎의 성미를 다스리고자 하는 데 있다고 할 수 있다.

삼증삼쇄나 구증구포는 흔히 쓰는 말은 아니다. 이 말은 차 쪽보다는 한방 약재의 성미를 다스리는 방법인 수치포제의 대표적인 방법 가운데 하나이다. 구태여 차 만드는 방법에 이를 채용한 것은 우리 선조들의 지혜라 할 수 있다.

다들 듣고 보아서 알듯이 텔레비전 건강 프로그램에 나오는 한의사들마다 차의 성미가 서늘하니(이것이 맞는 표현이지만 대부분 알아듣기 쉽도록 냉하거나 차다고 한다) 속이 찬 분들은 주의해서 마시라고 한다. 이는 맞으면서 틀린 말이다. 찻잎이 생것일 경우에는 성미가 한寒하니 맞는 말이지만, 차를 제대로 법제하면 한한 성미가 다스려지고 평해져 누구나 마셔도 되니 틀린 말이다. 즉 인삼을 먹으면 예민하게 부작용이 있는 사람이라도 인삼의 성미를 다스려 만든 홍삼에는 부작용이 없는 것과 같은 이치이다.

구증구포九蒸九曝를 둘러싼 논란

전통 제다법과 관련하여 차계에서 가장 뜨거운 논쟁의 대상이 되는 것이 바로 구증구포의 제다법이다. 구증구포란 말을 직역하면 '시루(솥)에 아홉 번 찌고 볕에 아홉 번 말린다'란 뜻이다. 이 말을 곧이곧대로 받아들이면 쪄서 만드는 차이니 덖음차가 아니라 증제차라고 할 수 있다. 그런데 이런 식으로 아홉 번 찌고 말린다면 마시기엔 도무지 적당치 않은 차가 된다. 하물며 증제차가 아니라 전통 덖음차를 만드는 데에 이 구증구포의 방법을 이용한다니 이는 도무지 어불성설이라는 주장이 제기된다. 이것이 첫 번째 논쟁의 주제다.

또 다른 논쟁의 주제는 왜 굳이 아홉 번이나 덖어야 하느냐는 것이다. 덖음은 찻잎에 있는 산화효소를 억제시켜 더 이상 갈변이 일어나지 않도록 만드는 데 목적이 있는 것이고, 이는 첫 번 솥에서 잘 익히면 되는 것이지 구태여 여러 번 덖을 필요가 왜 있느냐는 것이다. 그런데 이런 비판은 차의 근본 성미를 다스린다는 우리 전통 제다법의 목적 자체를 부인하는 것이고, 대체로 중국의 녹차 만드는 방법에만 합치되는 것이어서 정당한 비판으로 인정하기 어렵다.

그렇다면 첫 번째 논쟁의 주제에 대해 좀 더 알아보자. 구증구포는 말 그대로 시루(솥)에 아홉 번 찌고 아홉 번 말리는 방식을 말한다. 이 일은 대체로 한약재를 만드는 방법으로, 생약재가 가진 성미를 변화시키는 제약법이다. 예를 들어 생지황

9증9포의 원리를 설명하고 있는 포제학 서적

의 성미는 쓰며 차다. 이것을 황주에 담갔다가 시루에 쪄서 볕에 말리기를 아홉 번 한 것을 숙지황이라고 한다. 이렇게 하면 생지황의 쓰고 찬 성미가 달고 약간 따뜻한 것으로 변한다. 효능도 생지황이 열을 내리고 피를 맑게 하며 진액을 만들어 준다면, 숙지황은 생지황과는 달리 진음과 혈액을 보충하는 역할을 한다. 말하자면 각각의 쓰임새가 다른 약재가 되었다고 이해하면 되겠다. 인삼을 홍삼으로 만들어 사용하는 것도 같은 맥락이다. 이런 것을 두고 한방에서는 '수치修治한다', 혹은 '포제炮制한다'고 말한다. 다시 말하면 열을 가해 약재의 성미를 변화시킴으로써 다른 용도로 처방할 새 약재를 만드는 방법이다. 이처럼 구증구포란 원론적으로 말하면 한약재 처리 방법인 것

이다. 그렇다면 옛사람들이 이 사실을 잘 몰라서 제다법에 이 용어를 잘못 사용한 것일까? 아니면 우리 조상들은 정말로 구증구포의 방법으로 전통차를 만들었던 것일까?

단어의 뜻을 해석하는 데에는 두 가지 방법이 있다. 하나는 직역으로, 단어의 글자 하나하나가 뜻하는 바를 문자 그대로 해석하는 방식이다. 또 하나는 의역으로, 단어가 지니는 상징의 의미를 살려 해석하는 방식이다. 구증구포라는 단어의 경우에도 그 말을 곧이곧대로 직역할 경우 그 뜻이 차와는 어울리지 않는다고 할 수 있다. 그러나 상징적인 의미로 받아들이면 크게 무리가 없다는 것을 알 수 있다.

전통 덖음차 만드는 방법은 개인에 따라 조금씩 차이가 있지만 대체로 다음과 같다. 먼저 뜨거운 솥에 생엽을 넣고 찻잎이 가지고 있는 제 수분으로 찻잎을 충분히 익힌다. 익힌 찻잎을 멍석에 비벼 식혔다가, 다시 뜨거운 솥에 넣어 찻잎의 수분으로 첫 번째와 같이 뜨겁게 덖어 다시 비벼 식히는 과정을 여러 번 반복한다. 그럼 여러 번이란 게 대체 몇 번일까? 아홉 번을 고집하는 이도 있고 그렇지 않은 이도 있다. 대체로 세 번 정도를 되풀이하는 사람들도 많다. 그런데 이때 나오는 3이나 9는 사실 그냥 아무렇게나 튀어나온 것이 아니다.

일상에서 우리는 흔히 어떤 일을 한 번 해서 안 되면 세 번은 해봐야 한다고 말한다. 그래도 안 되면 다시 삼세 번을 하라고 말하기도 한다. 삼세 번은 곧 아홉 번이다. 말하자면 3과 9는 어떤 일을 할 때 반드시 제대로 될 때까지 해야 한다는 완성의 최소수와 최대수의 상징이라고 볼 수 있다.

'최소수인 3은 그렇다 해도, 최대수는 9가 아니라 무한대가 아니냐?' 하는 의문이 생길 수도 있겠지만, 이는 옛사람들의 수 개념을 이해하지 못해서 생기는 오해다. 9는 옛사람들의 숫자 개념으로는 가장 큰 수인 것이다. 옛사람들은 숫자 9 다음에는 다시 0으로 돌아간다 해서 수 개념상 아홉을 가장 큰 수, 완성수, 만수라 생각했다. 그러니 9는 어떤 일을 완성하는 최대수이다.

구체적인 덖음의 횟수에 대해서는 뒤에 나오는 덖음차 제다법에서 자세히 설명하기로 하고, 이렇게 열을 가해 덖는 것이 바로 위에서 말한 여러 약재를 만드는 방법 중 한 가지라는 사실만 기억해 두자.

　이렇게 여러 번 열을 가하고 식히기를 반복하는 것을 수치포제라 하는데, 이런 수치포제법의 대표적인 것이 구증구포이고, 그래서 구증구포의 근본 원리로 차를 만들고 우리 차가 가진 특징의 상징으로 구증구포란 용어를 썼다고 할 수 있겠다.

한중일의 녹차가 서로 다른 이유 🌿

먼저 동양 3국의 녹차 제다법에 대해 조금만 더 알아보자. 현재 녹차를 생산하는 나라는 대체로 동양 3국, 즉 한중일 세 나라라고 할 수 있다.

녹차라 하면 찻잎의 산화효소 작용이 더 이상 일어나지 못하게 솥에 덖거나 수증기로 익혀 만든 차를 말한다. 그런데 한중일 3국의 녹차는 실은 같은 차는 아니다. 이름만 같을 뿐 각 나라의 제다법이 다르고 음용 형태도 다르다. 당연히 차의 맛과 향도 다를 수밖에 없다.

음식이나 음료 만드는 방법에 가장 큰 영향을 끼치는 것은 아무래도 기후와 물인데, 차에 있어서는 물의 영향이 상대적으로 더 크다. 왜냐하면 차의 맛과 향은 물의 질에 따라 발현되는 정도에 차이가 크기 때문이다. 결국 물이나 기후의 영향으로 각국의 녹차 만드는 방법도 달라졌다고 할 수 있다. 한중일 세 나라의 녹차 만드는 방법에 영향을 준 조건들을 먼저 살펴보자.

중국 차를 만드는 조건

중국 대부분의 지역은 물이 좋지 않기 때문에 차의 맛과 향이 잘 발현되지 않는다. 그런 물로 향기롭고 맛이 좋은 차를 우려내려면 맛도 강하고 향도 강한 차를 만들어야만 한다.

차의 쓰임새도 물에 따라 많이 달라진다. 중국의 경우 물이 좋지 않으니 찬물로 마시기에는 아예 적합하지 않고, 끓여서 마시더라도 맹물로 마시기에는 맛이 좋지 않다. 더구나 석회성분이 많아 가라앉혀 마셔야 하는데, 차는 석회성분을 가라앉히고 또한 물맛을 좋게 하니 중국에서는 차보다 좋은 것이 없다. 그래서 그 나라 사람들은 누구나 손에 물병, 즉 찻물 병을 들고 다니게 되었다. 다 마시고 물이 떨어지면 물을 끓여 파는 곳에 가서 다시 채워가지고 다니면서 차 끓인 물을 계속 마신다.

좋지 않은 물과 가지고 다니면서 마실 수 있는 차, 이 조건에 맞는 차를 만드는 것이 중국의 차를 만드는 필요충분조건이라고 할 수 있다. 좋지 않은 물에 마실 차는 맛과 향이 강해야 하고 뜨거운 물에 장시간 우려 마시고 다시 물을 부어 마시려면 차가 잘 우려지지 않아야 한다. 그런 차를 만들기 위해서는 우리나라 차처럼 여러 번 덖고 비비기를 해서는 안 된다. 우리나라 차처럼 만들 경우 장시간 물에 담가 두면 차의 성분이 한 번에 다 우려져 쓰고 떫어 마시기 힘들고, 두 번째 탕은 맹물과 같이 다시 마실 수가 없기 때문이다. 그래서 중국 녹차는 『다신전』에 기록되어 있듯이 첫 번째 솥에 잘 익혀 차의 형태를 만들고, 온도를 낮추어가며 솥에서 잘 건조시켜야 한다. 차가 본래 가지고 있는 향과 잎도 원형 그대로, 부서지거나 상처가 많이 나지 않게 만들어야 한다. 그래야 물병에 오래 담아두어도 다 우려지지 않고, 우려진 차를 다 마시고 다시 물을 부어도 남아있는 차의 맛과 향이 또 우려진다. 그렇기 때문에 중국의 차 품평 기준에 80도 물에 5분간 우려 맛과 향을 분별하고 잎의 모양이 원형 그대로 생생한지 살펴보는 기준이 있는 것이다. 그들이 차를 마시는

일본의 녹차 만들기

조건에 합당한 차를 찾기 위한 것이 품평 기준이 된 것이다.

일본 차를 만드는 조건

일본은 다들 알고 있는 것처럼 화산이 많은 곳이다. 활화산 지대는 물론이고 온천지역이 널리 분포되어 있다. 화산지역과 온천지역이 널리 분포되어 있다는 것은 약수라면 몰라도 차를 마시기에 적당한, 일상에 음용하기에 적당한 물이 적다는 이야기가 된다. 더구나 긴 여름 고온다습한 기후에서 살다 보니 짠 음식이나 갓 잡은 회 등이 식탁에 자주 오를 수밖에 없었다. 이 나라의 물에 포함된 여러 광물질이나 약수 성분들은 차의 향과 맛이 발현되는 것을 방해하기 때문에, 짙은 향과 맛을 가진 차가 필요해진다. 더구나 차 만들 시기부터 고온다습한 철이어서 덖어 만드는 방법으로는 차의 수분을 조절하기 힘들고, 처음부터 찻잎을 찌는 증제차를 많이 만들게 된다. 이렇게 찻잎을 찌는 증제법으로 차를 만들면 그 맛이 일본인들이 선호하는 풋향이 많이 나게 된다. 일본인들은 더 진한 맛을 원할 경우 가루차를 섞어 연둣빛을 강조하기도 한다. 아예 물맛을 덮을 수 있는 가부차, 즉 말차를 만드는 제다법이 동양 3국 중 가장 나중까지 남아 현재 일본을 상징하는 대표차가 되었다.

우리나라 차를 만드는 조건

우리나라는 동양 3국 중에 물이 가장 좋은 곳이다. 물이 좋다는 것은 차에 있어서 맛과 향이 잘 발현된다는 의미다. 차의 맛과 향이 잘 발현된다는 것은 그만큼 맛과 향이 물에 예민하게 반응한다는 말이니, 차 만드는 일이 매우 까다로워질 수밖에 없다. 즉 차 만드는 이의 기술에 따라 차의 맛과 향에서 차이가 많이 나기 때문에 그만큼 숙련된 기술이 필요하다. 그래서 동양 3국 중 녹차를 만드는 기술만큼은 우리나라가 가장 복잡하고 어려운 기술을 사용하고 있다고 해도 과언이 아니다.

전통 덖음차 만들기의 핵심 원리 ✨

원리를 알면 답이 보인다

우리나라 녹차 만드는 방법의 기본은 앞서 이야기한 구증구포에 있다. 구증구포의 원리를 알면 차 만드는 법도 쉽게 알 수 있다. 구증구포는 불, 즉 열을 이용해 대상의 성미를 바꾸거나 눅지게 하는 것인데, 보다 구체적으로 볶거나 찌거나 덖거나 하는 방법은 그 대상의 상태에 따라 선택하는 것이다. 볶는 것은 대상이 가지고 있는 습기가 적을 때 사용하는 방법이고, 찌는 것은 대상이 가지고 있는 수분은 많아도 제 수분으로 익히거나 뜨겁게 할 수 없을 때 사용하는 방법이며, 덖는 것은 대상을 제 수분으로 익히거나 뜨겁게 할 수 있을 때 사용하는 방법이다.

원리는 간단하다. 첫 번째는 잘 익혀서 식힌다. 두 번째는 대상이 뜨거워졌을 때 꺼내 식힌다. 세 번째는 식힌 대상을 다시 뜨겁게 만들고, 뜨거워지면 다시 꺼내 식힌다. 이렇게 '뜨겁게 했다가 차게 식히고, 다시 뜨겁게 했다가 차게 식히기를 반복하는 것'이 덖음차 제다의 핵심 원리다.

볶는 것은 솥에서 올라오는 향으로 완성도를 가늠하고, 찌는 것은 대상의 상태를 살펴 완성도를 가늠하고, 덖는 것은 대상이 지니고 있는 수분으로 완성도를 가늠한다.

첫 번째 덖음

뜨거운 솥(섭씨 250~300도)에 넣어 타거나 눋지 않도록 잘 뒤집어가며 익혀 꺼낸다.

첫 번째 비빔

잘 식힌 찻잎을 두 손으로 쥘 만큼 모아쥐고 멍석에 비빈다. 한 쪽 방향으로 궁굴리며 비비거나 앞뒤로 궁글리며 비빈다. 비벼 뭉친 것을 일일이 낱잎으로 턴다.

두 번째 덖음

온도는 첫 솥과 같거나 조금 낮게 한다. 첫 번째 비벼서 털어놓은 찻잎을 넣고 다시 덖는다. 눋지 않게 재빨리 뒤집어가며 뜨겁게 덖는다. 뜨겁게 덖어지면 건져내어 식힌다. 솥에 붙은 진을 깨끗이 닦는다.

두 번째 비빔

첫 번째처럼 잘 식힌 찻잎을 두 손으로 쥘 만큼 모아쥐고 멍석에 비빈다. 잘 비벼지면 다시 낱낱이 턴다.

세 번째 덖음

솥의 온도는 찻잎이 가지고 있는 수분과 정비례한다. 찻잎에 수분이 많으면 높게, 찻잎의 수분이 적으면 조금씩 낮게 한다. 두 번째와 같거나 조금 낮은 온도의 솥에 눋지 않도록 뜨겁게 덖는다. 뜨겁게 덖어지면 건져내어 식힌다. 솥에 붙은 진을 깨끗이 닦는다.

세 번째 비빔

두 번째처럼 잘 식힌 찻잎을 두 손에 쥘 만큼 모아쥐고 멍석에 비빈다. 잘 비벼지면 다시 낱낱이 턴다.

같은 방법으로 네 번째, 다섯 번째, 여섯 번째에 이르면 찻잎의 수분이 급

격히 적어져 찻잎의 끝이 검은빛이고 전체적으로 시들해지면서 가벼워진다. 이럴 때 솥의 온도가 과하면 찻잎 끝이 하얗게 튀는 현상이 일어나니 세심하게 주의를 기울여야 한다.

이때부터는 건조의 개념으로 솥의 온도를 낮춰준다. 찻잎이 따끈해지고 가루가 많이 보이면 꺼내 가루를 치고 식히기를 반복하며 잘 말린다.

첫 번째 마무리

덖을 때 솥의 온도는 높은 온도에서 조금씩 낮아진다. 반면에 마무리 솥은 낮은 온도에서 시작해 높은 온도의 솥으로 끝을 낸다.

말린 차의 모양이 푸석푸석하기 때문에 솥의 온도는 섭씨 100도 정도에서 시작한다. 적당한 양을 솥에 넣고 골고루 열이 가도록 뒤집어 준다. 한동안

지나면 솥 바닥에 차 가루가 보이고, 찻잎이 뜨거워지기 시작하면 가루가 누른빛으로 변하기 시작한다. 이때 건져내어 체로 잘 쳐서 식힌다.

두 번째 마무리

차의 상태가 처음보다는 얌전해졌으나 그래도 푸석한 상태이다. 식었으면 다시 솥에 넣고 골고루 열이 가도록 뒤집어 준다.

첫 번째 온도로 시작했어도 첫 번째 차보다 더 골고루 열을 받아 차의 온도가 높아지며 솥의 온도도 높아진다. 가루가 생겨 눌기 직전에 차를 꺼내 체로 가루를 쳐내고 식힌다.

세 번째 마무리

찻잎이 가지고 있는 여러 가지 성분의 변화는 열에 의해 분해되고 결합된다. 차를 마무리해 보면 필연적으로 솥에서 올라오는 차향을 맡게 된다. 찻잎이 솥 안에서 시간이 경과함에 따라 서서히 뜨거워지는데 그에 따라 각기 다른 향이 나는 것을 느끼게 된다.

이렇게 마무리 볶음을 세 번 하게 되는데, 시간과 불의 세기에 따라 자신이 원하는 향과 맛을 찾아야 한다. 그렇게 잘 되었다 생각되어도 며칠이 지나 밀봉해 놓은 것을 풀어보면 차 맛이 생각했던 맛과 다를 수 있다. 그럴 때는 몇 번이고 다시 솥에 넣어 원하는 향과 맛을 찾아야 한다. 주의할 것은 솥에 들어간 차는 반드시 뜨거울 때 건져야 한다는 것이다. 이미 습기가 거의 없는 상태이기 때문에 눈는 것에도 예민하게 주의를 기울여야 한다.

솥에서 반응하여 올라오는 향이 곧 맛이다. 쓴 향이 올라올 때 꺼낸 차는 쓴맛이 많고, 누른 향이 나면 누른 맛이 난다. 좋은 향이 올라올 때까지 반복해서 해야 한다.

좋은 향과 맛이 나는 차를 만들기 위해서는 많은 경험이 필요하다. 또 끈기 있게 포기하지 않고 노력을 경주해야 한다. 차 만드는 과정이 힘들다고 해서 과정을 축약해서 만든 차는 한 번 우려 마실 때는 좋은 차처럼 느껴지나 두 번 세 번 우려보면 과정의 잘못이 드러나기 마련이다. 실패를 두려워하지 말고, 조급증을 내지 말고, 끊임없이 노력해야 좋은 차 만드는 기술을 습득할 수 있다.

덖음차만 전통차? ⚘⚘⚘⚘⚘

우리의 옛 문헌에는 다양한 전통차들이 등장한다. 예컨대 삼국시대에는 다유茶乳라 하여 고급 덩이차나 잎차를 곱게 갈아 체로 쳐서 만든 가루차를 마셨다. 덩이차 가루를 끓인 물에 넣어 휘젓거나 찻사발에 거품을 일으켜 탁하게 마시는데, 이를 유단차乳團茶라고도 했다. 유단차는 이른 봄에 딴 아주 어린 싹으로 만든 덩이차로, 매우 고급품이었다. 궁중에서 쓰거나 나라와 나라 사이에 주고받는 어차御茶로 이용되었으며, 대부분 스님들과 귀족들, 선비 등 집권 부유층에서 주로 마셨다. 고려 초의 기록에 등장하는 뇌원차腦原茶도 유단차에 속한다.

단차 외에 잎차로도 고급 다유를 만들어 마셨다고 한다. 반면에 떡차나 잎차는 유단차에 비해 거친 잎으로 만들었는데, 떡차는 거칠게 부수어 끓는 솥에 넣어 맑은 다탕으로 마셨다. 잎차는 차 싹의 모양새가 참새의 혀 같다 하여 작설雀舌이라는 이름으로 문인들의 글에 나타나는데, 다탕茶湯이 상류사회에 본격적으로 나타나기 시작한 때는 12세기 무신의 난 이후의 일이다.

그때의 차 마시는 방법으로 유추해 보면 당시 사람들이 마시던 잎차는 대부분 산화차인 황차류가 아닌가 싶다. 당시에는 주로 솥에 차를 넣고 끓여서 마셨는데, 녹차를 그렇게 마실 경우 쓰거나 떫어서 마시기가 매우 곤란하기 때문이다. 잎차의 수요가 점점 늘어남에 따라 가루차는 자연스럽게 쇠퇴하였고, 잎차인 덖음차와 찐차, 산화차인 황차류 등의 소비가 늘면서 차 만드는 기술도 다양하게 발전된 모습을 볼 수 있다.

이처럼 덖음차는 우리가 계승해야 할 우수한 제다법의 전통차임이 분명하지만, 단순히 덖음차만 전통차라고 주장하는 데에는 좀 무리가 있다. 현재 가루차는 일본차, 흑차는 중국차라고 하는 이들이 많은데, 녹차도 가루차도 산화차도 우리 선조들이 예로부터 만들고 마셔온 전통차이다.

요즘 일본에서 많이 들여오고 있는 가루차의 경우 우리 옛 문헌에 나타난 차의 맛과는 차이가 많은데, 하루빨리 전통의 맛을 찾고 본연의 우리 가루차 만드는 방법을 찾아 제대로 만들어야 한다. 문헌에 나타난 훌륭한 차들을 재현하여 차를 다양하게 즐길 수 있게 하는 일이 차를 애호하는 이나 차를 만드는 이들의 숙제로 남아 있다고 하겠다.

10여 년 전부터 차가 생산되는 고장들에서는 각 고장의 옛 기록을 찾아 그 지방에서 생산되던 차를 복원하기 시작했다. 그렇게 복원된 차가 전남 장흥의 청태전과 경남 김해의 장군차, 전남 담양의 죽로차 등이다. 현재 해남과 강진에서도 근대까지 이어져 왔던 전차인 백운옥판차를 복원 생산하려 하고 있다.

근래에는 또 여러 제다인들이 새로운 제다법을 개발하여 새로운 차를 만들어 선보이기 시작했다. 예것과 새로운 것을 동시에 찾아내고 개발하여 차가 좀 더 다양화된다면 이 또한 즐거운 일이 아니겠는가.

전통 떡차(청태전) 만들기 ✿

청태전은 그 역사를 거슬러 올라가면 중국 송나라 시대의 유단차에 닿아 있는 차다. 유단차는 보리의 쌀눈만큼 작은 차 싹을 쪄서 절구에 넣고 찧은 뒤 배로에 말리고 맷돌에 갈아 가루차로 마시던 차이다. 찻잎이 조금 자란 뒤 만들면 쓴맛과 떫은맛이 강해져 마시기 부담스럽다. 이처럼 여린 잎을 찾는 과정에서 발견한 것이 그늘, 즉 대숲에서 자란 찻잎이었다. 그늘에서 자라 쓴맛과 떫은맛이 적은 잎이고, 맥아보다는 커서 가루가 많이 나니 유단차 만들기에 안성맞춤이다. 그때부터 죽로차가 좋다는 말이 시작되었다고 보면 된다. 현대에 와서도 가루차를 만드는 차밭은 일부러 차나무 위에 차광막을 씌우고 그늘지게 하여 차를 기른다. 즉 죽로차와 같은 조건을 만들어 주는 것이다. 기록에 보림죽로차가 좋다는 이야기가 등장하는 것은 그런 맥락이라고 추정할 수 있겠다.

다음은 다산이 보림사 대웅전 뒤편에서 떡차를 만들던 기록을 바탕으로 추정한 제다법이다.

1. 4월 초중순, 찻잎이 올라와 줄기가 길어지지 않았을 때 찻잎을 딴다(줄기가 길어지면 찻잎을 찔 때 줄기 부분이 익지 않고 산화된다).

2. 솥에 물을 넉넉히 붓고 시루를 얹어 강한 불로 물을 끓여 김을 올린다.

3. 시루에 면포를 덮고 차를 올린다. 면포를 싼 뚜껑이나 소쿠리를 덮어 7~8분 김을 올려 익힌다.

4. 멍석 위에 면포를 깔고, 시루에 깐 면포 채 차를 들어내어 그 위에 헤쳐 넌다. 부채를 부쳐 재빨리 습기를 날리며 식힌다.

5. 3번과 4번을 반복하고, 식힌 찻잎을 돌절구로 차지게 찧는다.

6. 찧어낸 찻잎을 동전 모양의 틀에 박아 형태를 만들어 채반에 널어 그늘이나 뜨

거운 방에 널어 말린다.

7. 적당히 말랐을 때 대나무 꼬챙이로 가운데 구멍을 뚫어 말린다.

8 거의 마르면 대나무 꼬챙이에 꿰어 끈으로 걸개를 만들어 바람이 잘 통하는 습기 적은 곳에 걸어 완전히 말린다.

9. 차가 완전히 마르면 한지로 싸 항아리에 숯을 깔고 그 위에 한지 몇 겹을 덮어 습기가 차지 않도록 단속하여 담아 보관한다.

10. 마실 때는 은근한 숯불에 속까지 불기가 먹도록 굽는다.

11. 옛 방법대로 한다면 한지 봉투나 면포 주머니에 담아 잘게 부순 후, 차맷돌로 곱게 갈아낸다. 돌솥에 물을 끓이고 물이 잘 익었을 때 불을 끈 다음 차를 넣고 해자로 저어주고 차가 가라앉았을 때 윗물을 다완에 떠 마시면 된다.

또 한지 봉투나 면포 주머니에 담아 잘게 부순 뒤 다관에 우려 마시기도 하
는데, 차 찌꺼기가 나올 수 있으니 거름망에 거르든지 처음부터 차우림봉지
에 넣어 우리면 편리하다.

현대에 와서는 번거롭기도 해서 통째로 은근한 불에 물을 올려 우려 마시
기도 하는데, 이는 제다를 하는 중에 산화효소를 활성화시켜 갈변하도록 만
든 차이기 때문에 가능한 것이다.

발효차의 오해와 진실 ✿✿✿✿✿

발효차는 발효차가 아니다?

2000년대에 들어서면서 사람들이 '건강식', 즉 잘 먹고 잘 사는 일에 관심을 가지면서 김치를 선두로 된장, 간장, 청국장 등 발효식품이 웰빙 음식으로 새롭게 주목받게 되었다. 동방의 조그만 나라에서 온 지혜로운 건강식에 세계인들도 감탄하고 있다고 한다. 그러자 나라 안에서는 미국식, 프랑스식 음식들에 주눅이 들어 있던 사람들이 자신들마저 왠지 숨기고 싶었던, 어떤 의미로는 하찮게 여기던 음식들로 눈길을 돌리며 자부심을 가지게 되었다.

발효음식이란 식재료 안에 유기물들을, 쉽게 말하자면 단백질이나 당류 등여러 성분들을 미생물들이 우리 몸에 더 유익한 성분으로 변화시킨 건강한 음식을 말하는 것이다.

발효에 대한 사전적 의미는 이렇다.

> 발효(fermentation, 醱酵) : 미생물이 자신이 가지고 있는 효소를 이용해 유기물을 분해시키는 과정을 발효라고 한다. 발효반응과 부패반응은 비슷한 과정에 의해 진행되지만 분해 결과, 우리의 생활에 유용하게 사용되는 물질이 만들어지면 발효라 하고 악취가 나거나 유해한 물질이 만들어지면 부패라고 한다.

차를 말하다가 갑자기 왜 발효식품 이야기를 하는가 하는 의문이 생길 수도 있겠으나, 민감하지만 누군가가 한 번쯤은 짚고 넘어가야 하는 문제가 있기 때문이다.

우리가 흔히 차를 말할 때 녹차는 불발효차고 갈변한 황차류는 발효차라고 한다. 바로 여기서 말하는 '불발효', '발효'란 단어에 문제가 있다. 아무 관계도 없는 차에 '발효'란 말을 써서 그 오해로 여러 가지 문제가 일어났다. 먼저 이 발효란 말이 차에 언제부터 쓰이게 되었는지 살펴보자.

> 1835년경 영국이 인도에서 홍차 제조를 시작할 당시 유념한 찻잎을 30~40도에서 수 시간 동안 두어 적갈색으로 변화시키는 중국식 홍차 만드는 방법을 사용하였는데 당시 유럽에서는 파스퇴르에 의한 발효양조의 성과가 주목받는 때로 차도 30~40도에서 여러 시간 두었을 때 찻잎의 색깔이 변화하는 것은 미생물에 의한 작용이라고 생각해 발효라는 말을 쓰게 되었다고 한다. 하지만 1840년경에 차는 미생물이 관여하지 않음이 밝혀졌으나 말은 그대로 오늘날에 이르기까지 남아있게 되었다고 한다.
>
> - 정동효, 김종태 편저, 『차의 과학』(1997)

1840년경이라면 근 200여 년 전에 오류임을 알았다는 얘기다. 그런데도 무엇 때문인지 이 공공연한 오류를 현재까지 그대로 답습하고 있다는 것인데, 이건 아니지 않나 싶다. 일상에 아무런 불편이 없어도 고칠 것은 고치고 넘어가야 할 터인데, 학계에서조차도 각 세미나에서 이 용어를 공공연하게

쓰고 있고 논문에서조차 전혀 거리낌 없이 쓰고 있는 것이 현실이다.

큰 문제를 야기하는 것도 아닌데 그냥 쓰던 말이니 이심전심으로 계속 쓰면 될 일이지 왜 구태여 왈가왈부를 하느냐고 이의를 제기할 사람도 있겠다. 하지만 실제로는 많은 오해를 불러일으키고 여러 부작용을 낳고 있는 것도 사실이다.

찻잎의 변화 원인과 황차 만들기

녹차를 만드는 방법에서

생엽의 찻잎에는 많은 양의 플라반-3-올(flavan-3-ol)과 강한 활성의 산화효소 폴리페놀옥시다아제(polyphenoloxidase)가 함유되어 있다. 그래서 녹차를 만들 때는 우선 이 산화효소가 찻잎에 들어 있는 여러 성분들에 영향을 주기 전에 그 작용을 멈추게 하는 것이 관건이다. 찻잎 속에 들어있는 산화효소는 열에 약하기 때문에 뜨거운 솥에 덖든지 높은 온도의 수증기를 쐬어 익히면 그 영향력이 상실된다. 그 결과 폴리페놀(polyphenol)은 변화하지 않고 나중에도 생엽의 상태와 비슷한 함량을 지니게 된다.

그렇게 찻잎의 색깔이 변하지 않고 녹색의 빛을 유지하도록 만들었기 때문에 차가 가지고 있는 본연의 향과 맛을 가지고 있다고 할 수 있다.

황차류를 만드는 방법에서

황차에 구태여 '류類'를 붙이는 것은 녹차의 경우 한 가지의 차로 분류하면 되지만 황차는 백차로 시작하여 홍차에 이르기까지 무수히 많은 차가 만들어지고 있기 때문이다.

찻잎은 차나무에서 채취하는 순간부터 산화효소의 작용이 시작되어 서서히 산화가 일어난다. 그래서 녹차를 만들 때, 보다 높은 품질의 차를 만들려면 오전에 채취한 잎은 되도록 빠른 시간에 만들어야 한다.

가장 산화도가 낮은 백차는 맑은 날 찻잎을 채취하여 햇볕에 말려 산화효소의 작용을 이용해 만들기는 하지만 그 작용을 최소화시킨 차이다. 홍차는 비벼 부서지지 않을 정도로 시들려 유념을 하여 습도, 온도를 산화효소가 활발하게 활동할 수 있는 조건을 충족시켜 만든 차이다.

여기서 가장 중요한 것은 바로 산화효소인데, 그 종류와 역할을 보면 먼저 찻잎을 시들리는 공정에서 플라반-3-올(flavan-3-ol)류는 산화효소에 의하여 산화, 중합하여 색소류나 프로안토시아닌 중합체(proanthocyanidin polymer)로 변환한다. 즉 카테킨과 그것의 유도체 폴리페놀의 한 종류인 플라반-3-올(flavan-3-ol)이, 카테킨이 산화되면 테아플라빈(theaflavin)이 생성된다.

산화효소 페록시다아제의 역할

EC 1.11.1.7. 과산화효소를 가리킨다. 과산화수소 또는 유기과산화물에 의한 전자 공여체(기질)의 산화 반응을 촉매하는 산화효소이다.

폴리페놀 옥시다아제의 역할

폴리페놀은 일명 탄닌이라고도 한다. 찻잎 중에서 카페인과 함께 전체 성분의 절반 이상을 차지하며 차의 맛과 색, 향기 등에 큰 영향을 주는 물질이다. 고급 차일수록 그 함량이 많으며, 산화하기 쉬워 재탕을 할수록 쓴맛이 강해지는 특성이 있다.

폴리페놀 성분은 광합성에 의해 형성되므로 일조량이 많고 적음에 따라 함유량이 달라지고 봄철보다 일조량이 많은 여름이나 가을철에 폴리페놀 함량이 높아진다.

탄닌(폴리페놀) 성분이 산화효소인 폴리페놀 옥시디아제에 의해 산화되어 녹색이 갈색(데아플라빈, theaflavin)이나 붉은 색(데아루비긴)으로 변하면서 복잡한 화학반응을 일으켜 독특한 향기와 맛이 만들어진다.

카탈라아제의 역할

과산화수소에 이산화망가니즈를 넣으면 빠르게 기포가 발생한다. 그 이유는 $2H_2O_2 \rightarrow 2H_2O + O_2$의 반응이 진행되기 때문이다. 과산화수소는 이산화망가니즈 없이도 물과 산소로 분해될 수 있지만, 이산화망가니즈는 반응이 일어나는 속도를 빠르게 해주는 물질이다. 즉, 어떠한 반응을 촉진시키는 물질인 촉매인 것이다. 우리 몸속에도 이산화망가니즈와 비슷한 역할을 하는 촉매가 있는데, 이것이 바로 카탈라아제이다. 생체 내에서 일어나는 반응을 촉매하는 단백질을 효소라고 하는데, 카탈라아제 역시 효소의 일종이다.

펙타제의 역할

분해 작용에 관여하는 효소이다.

학문적으로 탐구하기 시작하면 점점 더 어려워지나, 이 정도의 과정만 보아도 황차류를 만드는 제다법에는 어느 과정에도 미생물이 직접적으로 관여

하고 있지 않다는 것을 쉽게 알 수 있다. 미생물의 관여 없이, 즉 발효의 과정 없이 찻잎 속에 들어있는 산화효소 작용에 의하여 여러 성분들이 변해 녹차와는 다른 향기와 맛을 지닌 차가 된 것이다.

여기서 가장 문제가 되는 것이 '산화'라는 용어다. '산화'란 낱말이 가지고 있는 여러 부정적인 이미지 때문에 사람들이 쓰기를 꺼려한다는 것이다. 정확히 말하자면 산화효소 작용을 유도해 만든 차라고 하자니 뭔가 모를 부자연스러움이 있다는 것이다.

그런데 이는 그렇지 않다. 홍차의 경우 초기에는 발효차라 하였지만 지금은 누구도 '아 그 발효차?' 하지 않고 그냥 홍차 아니면 블랙티라고 말한다. 이는 홍차가 제다법상 분류하자면 이러이러한 차라고 하겠지만, 보통 때에는 어느 지역 홍차, 혹은 무슨무슨 홍차라고 불린다는 얘기다. 유사한 예로 하동의 고뿔차라는 것이 있고, 중국에도 대홍포, 고산오룡 등 무수히 많다. 많아도 혼동하지 않는다.

어쩌면 우리나라의 차 침체는 차를 단순히 녹차와 '발효차(?)'로 분류하는 버릇에서 시작된 것인지도 모른다. 각 지역의 차가 변별력 없이 분류되어 우리나라의 차는 두 가지가 전부인 것처럼 인식되고 있다. 마시는 사람 입장에서는 어느 차 산지에 가든 '녹차' 아니면 '황차'이니 선택의 여지가 없이 단순하여 외국산, 즉 중국의 차에 눈을 돌리고 있다는 것이다. 중국차를 많이 찾으니 차 만드는 사람들은 당연히 중국차처럼 만들면 많이 찾을 것이라 생각하고 이도 저도 아닌 국적 불명의 차를 만들기에 정신을 팔고 있으나, 품질도 경쟁력도 없어 실패를 거듭하고 있다.

다른 한편, '발효차'라는 용어에서 생긴 오해를 바탕으로 황차류를 만들 때 찻잎을 시들려 유념한 뒤 아랫목에 비닐로 싸고 이불을 덮어 발효시킨다며 청국장 띄우듯 두는 사람들도 있다. 그렇게 두고 일정한 시간을 넘기면 찻잎이 떠서 무르는 현상이 일어나게 된다. 이는 여름에 시금치 단이 안에서부터 무르는 현상과 다를 바 없고, 이는 발효가 아니라 상傷하는 것이다. 이렇게 만든 차는 시큼한 맛이 나는 쉰 차가 되는데, 심한 경우에는 탈이 나기도 한다. 이것이 전부 '발효차'란 말에서 비롯된 오해의 결과이다.

발효음식이 몸에 좋다는 것은 이미 정론으로 밝혀졌다. 발효음식이 이리 좋은 음식이니 차도 발효차가 '몸에 더 좋을 것이다'라는 막연한 기대를 하게 된다. 그러나 미안하게도 발효차는 발효식품이 아니다.

발효차가 아니라지만, 차의 본래 유익한 성분들이 변한 것이 아니다. 단지 우리의 작은 오해가 있을 뿐이다. 오해를 푸는 것은 좋은 일이다. 사람과 사람 사이에서 벌어지는 여러 오해도 풀면 사이가 더 가까워지고 친밀해진다.

그런데 차 관련 논문을 보면 답답할 때가 많다. 후발효는 뭐고 균사발효는 또 무엇인가. 더 답답하게 하는 것은 효소발효란 말이다. 산화효소발효란 말까지 생겼다. 무엇보다도 하루빨리 학회에서 공론화하여 표준 언어를 제정해야 할 것이고 또 그러기를 기대해 본다.

황차류는 찻잎 속에 들어있는 산화효소의 작용을 유도하여 만든 차다. 산화효소 작용을 정지시켜 만든 차가 녹차라면 가장 많이 촉진시켜 만든 차는 홍차라고 할 수 있고, 가장 적게 작용하도록 유도한 차가 백차이다. 백차와 홍차 사이에는 차를 만드는 방법에 따라 무수히 많은 종류의 차가 나올 수 있다.

황차 만들기

산화효소가 활동할 수 있는 조건은 습기, 온도, 시간으로 조정된다.

1. 찻잎을 따 그늘에 시들리거나 햇빛에 내 널어 시들린다. 골고루 뒤집어가며 시들리되 잎 끝이 마르면 비빌 때 부서지니 조심해야 한다.
2. 찻잎을 손으로 쥐어 보아 부드럽게 시들었을 때 멍석 위에서 부드럽게 주무르듯 비빈다.
3. 차의 형태가 만들어지면 햇볕에 널어 뒤집어가며 산화를 유도한다.
4. 찻잎이 급속히 갈변하면서 특유의 향이 나는데, 찻잎의 갈변 정도를 살핀다.
5. 갈변 정도가 고르게 되었을 때 채반에 널어 말리거나 더 심화시키려면 뜨거운 방에 얇게 펴 널어 건조시킨다. 두툼하게 널어 자주 뒤집어 주며 말린다. 여기서 주의할 것은 두껍게 널었을 때 자칫 방치하면 차가 쉬어버리는 경우가 있다는 점이다. 차가 쉬지 않도록 자주 뒤집어 주어야 한다.
6. 완전히 마르면 용기에 담아두고 마셔도 되지만 원하는 향과 맛을 찾아 솥에서 마무리 작업을 해도 된다.

첫눈에 반한 차 마시기

건강, 소통, 힐링이 필요한 시간

차에 입문하는 대부분의 사람들은 이렇게 묻는다.

"차를 마시면 어디에 좋은가요?"

어디에 좋은가 묻는 것은 곧 차의 성분이 건강의 어디에 좋은 것이냐는 뜻이다. 우리는 차 외에도 건강을 위해 많은 것을 먹거나 마신다. 입으로 들어가는 것 모두가 우리의 생명에 직접적인 영향을 주니 아니 그럴 수 없다. 사람들이 차를 마셔온 것은 아주 오랜 옛날부터이니 이미 검증 아닌 검증이 된 좋은 음료라는 것만은 틀림이 없다. 그렇다면 차가 사람들 사이에서 끊임없이 음용되고, 나아가 귀한 음료로 취급되는 이유는 무엇일까? 차가 가진 특별한 그 무엇 때문임은 분명한데, 그 특별한 것이라는 게 정말로 차가 가진 영양성분을 말하는 것일까? 그러나 차를 약으로 본다면 천하의 명약은 아니고, 음식으로 보더라도 보양식이 아닌 것은 분명하다. 그렇다면 차의 무엇 때문에 끊임없이 오랫동안 사람들 사이에서 귀한 대접을 받고 있는 것일까?

차를 마시는 것은 밥을 먹는 것과는 다르다. 밥이란 우리를 움직이게 하는 에너지의 원천이니, 매일 먹지 않으면 견딜 수 없는 것이다. 그러나 차는 꼭 마셔야 하는 그런 것이 아니다. 우선 차에 들어있다는 몇 가지 좋은 성분들은 차가 아니더라도 섭취할 수 있는 것이다. 또 현대에 와서는 차의 유효성분들

을 추출해 캡슐에 담아 판매하기도 한다. 그 몸에 좋다는 성분들을 섭취하는 것이 목적이라면 그런 알약 하나만 먹어도 충분할 것이다. 사람들이 예나 지금이나 차에 대해 관심을 가지는 것이 차의 효능에 연연해하는 것이라면 그쪽에 관심이 많아야 할 것인데 꼭 그렇지는 않은 것 같다.

차에는 사실 많은 성분들이 있다. 그 성분들은 우리가 건강한 몸을 유지하도록 도움을 준다. 그러나 몸에 직접 영향을 주는 일차적인 성분만을 강조하다 보니 소홀히 넘기는 차의 효능도 있다. 바로 정신적으로 안정감을 주는 효능이다. 그리고 이것이 차가 지닌 가장 큰 장점이다. 어쩌면 지금 우리는 일차적인 영양성분을 섭취하기 위해 더 큰 것을 버리고 있는 것인지도 모른다.

그런데 우리 주변의 차 마시는 풍조를 보면 거개가 사무실이나 가정에서 쉽게 접할 수 있는 것이 티백이라는 일회용품이다. 이는 단순히 몸에 이롭다는 생각과 쉽게 마실 수 있다는 실용성에 의한 결과라고 할 수 있다. 또 지금도 몸에 좋은 차를 보다 자주 많이 마실 수 있도록 하자는 의도로 많은 사람들이 쉽게 마실 수 있는 방법을 찾고 있는 것이 현실이다.

현대를 살아가는 우리는 모두 바쁘다. 하루가 12시간으로 줄어든 것도 아닌데 무슨 일인지 예전과는 다르다. 세상 모든 것이 편리해졌는데도 불구하고 그렇다. 집은 그저 모여 사는 구심점일 뿐, 그 속에서 사는 우리는 서로 바빠서 마주할 시간이 없다. 그러다 보니 이제 우리나라도 서구와 같이 핵가족 시대가 되었고 그 부작용이 서서히 나타나고 있다.

우리는 알게 모르게 많은 위험 속에 노출되어 있다. 특히 많은 질병으로부터 위협을 받으며 살아가고 있는데, 통계에 의하면 스트레스가 차지하는 비

율이 무척 높다고 한다. 스트레스가 만병의 원인이라고 말해도 크게 무리는 아닐 것이다. 그만큼 만병의 원인인 스트레스를 해소시키는 방법이 여러모로 연구되고 발표될 만큼 중요하게 다루어지고 있다.

스트레스의 가장 큰 원인이 바로 단절감에 있다. 이웃으로부터, 친구로부터, 가족으로부터의 시선에서 멀어져 있는 고독감에 삶이 건조해지는 것이다. 지금은 우리 주변에서도 가끔 볼 수 있지만 오래전부터 서구에서는 어떤 스트레스가 있으면 습관처럼 정신병원을 예약한다. 약속된 시간에 가서 하는 일이라고는 편안히 앉아 의사와 그간 있었던 일들을 이야기하는 것이 거의 전부다. 그저 그렇게 이야기를 하고 몇 가지 충고를 들은 뒤 병원을 나서는 것이 치료의 전부다.

이처럼 어떤 면에서 보자면 만병의 근원인 스트레스도 대화의 부족에 기인하는 것이다. 그런데 차는 특이하게도 스트레스 관리와 대화 촉진에 최고의 음료가 된다. 그러려면 차를 자주 마시는 것이 중요하다. 차를 자주 마시면 우선 우리의 육체적 건강에 많은 도움을 받을 수 있다. 하지만 이왕에 차를 마신다면 제대로 마셔보기를 권하고 싶다. 차를 제대로 우리고 향과 맛을 즐기다 보면 머리가 맑아지고 마음이 평화로워지는 것을 누구나 쉽게 느낄수 있다. 차가 주는 일차적인 영양성분을 섭취하는 것에 그치지 말고, 더 큰 차의 효능인 정신적 안정감을 얻을 수 있다면 얼마나 좋은 일인가.

현대를 살아가는 우리는 대화의 방법을 잊고 있다. 자신이 생각하고 있는 어떤 내용을 상대에게 일방적으로 전달하는 데에만 익숙해 있다. 그런데 차를 우려 대접하는 일에서 제일 먼저 필요한 것이 상대에 대한 배려이다. 상대에게 어떻게 하면 맛있고 향기로운 차를 편안하게 대접할 것인가 생각해야 하기 때문이다. 이렇게 배려하는 일은 대화에서 상대의 말에 귀를 기울이는 것과 같다고 할 수 있다. 마음을 헤아리고 이야기를 들으려 하는 것이야말로 대화의 시작이자 첫걸음이다.

이것이 차의 대화법이고 현대인들이 더욱 자주 차를 곁에 두고 마셔야 할 이유이다.

혼밥, 혼술의 시대에 차를 권하다

여러 가지 이유로 혼자 생활하는 사람들이 조금씩 보이더니 근래에 와서는 어떤 사회적인 트랜드를 형성할 만큼 급격히 늘어나고 있다. 그러다 보니 소비 패턴도 빠르게 변화하여 혼자서 사용할 수 있는 여러 가지 상품이 개발되어 각광을 받으며 팔려나가기도 한다.

급기야는 혼술, 혼밥 이라는 신조어가 낯설지 않게 쓰이고, 실제로 모든 것을 홀로 해결하는 혼족이라는 용어까지 생겨 사용되기에 이르렀다. 혼자서 무언가를 한다는 것이 이미 자리 잡은 사회적 현상이라고 할지라도, 사실 이는 매우 위험한 현상이 아닐 수 없다. 한때 핵가족이라는 말이 낯설고 그 부작용이 노인들의 고독사로 나타나 논란이 되었던 것처럼, 사회를 이루고 있는 가장 기초적인 가족이라는 틀이 해체되고 있다는 것이 무엇보다 심각하다.

또 다른 부작용으로, 혼밥이나 혼술은 우리를 무조건 간단한 것을 좋아하는 사람으로 만든다는 것이다. 혼밥족은 대부분 간편하게 먹을 수 있는 식품, 즉 즉석조리식품이나 패스트푸드를 선택하는 경우가 많아 식품의 질이 낮아지고 영양이 편중되거나 불균형이 될 위험이 있다. 혼술족의 경우 폭음이나 술을 음료수처럼 가까이하는 알코올 의존증으로 이어질 위험이 있다. 더 위험한 것은 어느 한순간 어려움이 닥치면 심리적으로 고립감과 우울함에 빠지기 쉽다는 것이다.

이런 사회적 분위기는 차에도 그대로 이어지고 있다. 차도 트렌드에 맞추어 패스트푸드처럼 간단히 마실 수 있게 해야 한다고들 부산을 떠는데, 여기에는 감추어진 위험도 크다. 무엇이든 시대 흐름에 역행할 수 있는 것은 없겠지만, 차는 조금 더 조심스럽지 않을 수 없다. 이는 차가 지닌 장점이 시대가 원하는 빠르고 간단하고 자극적인 그런 것과는 다르기 때문이다. 한때 도에 넘치게 화려하고 복잡하게 찻자리를 한다고 걱정을 하였는데, 이제는 그도 저도 아니게 차를 음료수화 하는데 많은 이들이 골몰하고 있다. 테이크아웃 커피처럼 손에 들고 다니며 마시는 차가 새로운 발상이자 차를 대중화하는 데 한몫을 하는 것 아니냐는 주장이 있지만, 나로서는 쉽게 동의하기 어렵다.

물론 차를 대중화해야 한다는 주장에 나 역시 동의한다. 그러나 무엇을 대중화한다는 것은 그것의 장점을 대중화한다는 것이지, 장점을 다 뺀 상태에서 소비만 대중화하는 것이 진정한 대중화인지는 다시 생각해 볼 문제다.

다른 한편으로, 이런 와중에 어쩌면 혼밥, 혼술의 만연이 일으키게 될 사회적 문제의 해결책이 어쩌면 차에 있을 수도 있겠다는 생각도 든다. 어쩔 수 없이 모든 것을 홀로 할 수밖에 없는 것이 이 시대의 트렌드라면, 그에 따른 부작용을 극복할 수 있는 방법은 필연적으로 차일 수밖에 없다는 생각이다. 차야말로 홀로 마시는 차를 최고로 치고 있으니 말이다. 혼밥, 혼술의 시대인 지금이야말로 차를 권해야만 할 때가 아닌가 싶다.

초의스님은 「동다송東茶頌」에서 차를 마시는 법에 대해 이렇게 설명했다.

손님이 너무 많으면 주위가 시끄럽고, 시끄러우면 아취雅趣가 사라진다. 홀로 마시면 신神의 경지라 하고, 둘이 마시면 승勝이라고 하며, 서너 명은 운치[趣]가 있다. 대여섯은 덤덤하다[泛]고 하며 일고여덟은 그저 나누어[施] 마시는 것이다.

客衆則喧 喧則雅趣索然 獨啜曰神 二客曰勝 三四曰趣 五六曰泛 七八曰施也.

차는 한가하고 고요하게 자신을 바라볼 수 있게 해주는 음료라서 그 가치가 더욱 크다는 얘기다. 이처럼 차가 가진 가장 큰 장점은 이를 마시면서 자신을 돌아볼 수 있다는 것이니, 이 시대를 살아가는 젊은이에게 가장 필요한 것이 바로 이것 아니겠는가.

이유가 어디에 있든 힘들고 어려운 시기를 살아가고 있는 젊은이들에게 한 잔의 차를 권한다. 거기에 여유와 위로와 건강과 힐링이 있다. 과거에 대한 성찰과 현재에 대한 긍정과 미래에 대한 희망도 들어 있다. 오늘의 갈증을 씻어주고 내일로 나아갈 에너지도 준다. 세상에 혼자서 마실 때 가장 달콤하고 향기로운 음료는 차밖에 없다.

차 공부? 하지 마라! 🌿

차를 마시려면 공부를 해야 할까? 결론적으로 말하면 '아니다.' 무엇을 먹고 마시기 위하여 별도로 공부를 한다는 것 자체가 우스운 일이다.

그럼에도 많은 사람들이 차를 마시려면 우선 무언가를 좀 배워야만 한다는 생각을 가지고 있는 게 현실이다. 아무것도 배우지 않은 채 차를 가까이 하기에는 뭔가 어색하고, 어딘지 모를 어려움이 있다고 느끼는 것이다. 게다가 차는 단순한 음료가 아니라 정신적 음료라고 하고, 차문화는 수준 높은 전통문화라고도 하니 부담감이 더욱 커진다. 제대로 된 차를 마시기 위해서는 어딘든 이를 전문적으로 가르치는 곳에 가서 정식으로 입문을 해야 할 것처럼 생각하는 사람들도 적지 않다.

이런 현실은 차 하면 먼저 떠오르는 이미지가 '다도'고, '다도'라 하면 수련이나 수행처럼 전문적으로 공부를 해야 할 것 같은 느낌이 들기 때문이다. 그렇다면 이런 인식은 왜 생겼을까? 차를 처음 접하는 이들이 만나게 되는 첫 상대가 스님들이나 전문 차인들인 경우가 많기 때문이다. 정갈한 다실에 가부좌를 틀고 앉아 각종 다구들을 이용하여 순서 있게 차를 우리고 마시는 모습을 보고 있자면 자연스럽게 아무나 할 수 있는 일이 아니라는 생각을 갖게 되는 것이다.

하지만 알고 보면 진짜 현실은 전혀 그렇지 않다. 무대 위의 공연이나 행사로서의 다례가 아니라면 스님들이든 차인들이든 격식에 크게 얽매이지 않는다. 스님들에게 차는 밥이나 물처럼 일상적인 것이고, 차인들 역시 친분 있는 사람들과 마주 앉아 편안히 차를 마시는 경우가 대부분이다. 이미 몸에 밴 나름의 방식과 격식이 없는 것은 아니지만, 차를 마실 때마다 예와 격식을 따져야 한다면 이는 또 하나의 피곤한 노동에 지나지 않는다. 그런 상태에서 차의 참맛과 향을 즐기기란 누구라도 불가능한 일이다. 전문가들이 차를 처음 접하는 입문자들에게 차를 우려주면서 가장 신경을 많이 써야 할 부분이 바로 여기다. 차가 어렵게 보이도록 만들어서는 안 된다. 자기의 오랜 경륜과 전문가로서의 솜씨를 뽐내려 해서는 더더욱 안 된다. 차는 쉽고 편안한 것이며 누구라도 즐길 수 있는 것이라는 첫인상을 심어줘야 한다. 그게 선배이자 스승으로서 차인들이 해야 할 역할이다.

일반인들이 차를 어려워하고 두려워하는 또 다른 이유 가운데 하나는 다구와 관련되어 있다. 전문가들이 사용하는 여러 다구들을 보고 있자면 대단히 고급스럽고 복잡하게 보여서 쉽게 접근할 마음이 생기지 않는 것이다. 차를 잘 모르는 사람들에게 다구는 낯선 기물이다. 주전자도 알고 대접도 알고 잔도 알지만, 다탁 위에 가지런히 정렬된 다구들은 전혀 익숙한 것이 아니어서 낯설고 범접하기가 어렵다. 게다가 찻잔을 잡는 방법까지 정해져 있다 하니 자연스럽게 두려운 마음이 앞서는 것이다.

하지만 다구의 사용은 일반인에게도 처음엔 낯설 수 있지만 그리 어려운 일은 아니다. 우리가 처음 서양음식을 접하던 때를 생각해 보자. 나이프나 포크가 여러 개 배치되어 있어 복잡해 보이기는 하지만, 이는 편의를 위해 배치한 것이어서 몇 번만 사용하다 보면 누구나 쉽게 적응이 된다. 그래도 어렵다면 간단하게나마 테이블 매너를 조금 배우면 그만이다. 원리를 알고 한두 가지 요령만 익히면 누구나 격식에 얽매이지 않고 레스토랑에서 자연스럽게 식사를 할 수 있다.

서양사람들도 마찬가지다. 우리야 어릴 적부터 젓가락 문화에 익숙하고 사용법에도 능란하지만, 서양사람들이 한정식 밥상을 처음 받으면 상당히 난처할 수 있다. 포크나 나이프 대신 숟가락과 젓가락이 놓여 있으니 그 사용법부터가 난관이다. 하지만 이들도 몇 번의 어색한 젓가락질을 반복하다 보면 금세 익숙해진다. 그리고 한식에는 포크나 나이프가 아니라 젓가락과 숟가락이 훨씬 더 효율적이라는 것을 알게 된다.

차에 대한 공부도 딱 그 정도면 충분하다. 약간의 도구 사용법과 차를 우리는 간단한 방법 정도만 배우면 어린아이도 쉽게 할 수 있는 것이 찻자리다. 그 이상의 격식과 형식을 갖추어야 하는 어려운 찻자리는 전문가들의 영역으로 남겨두면 된다.

좋은 차를 고르는 노하우

전문 다도인이 될 게 아니라면 차 공부에 매달릴 필요는 전혀 없다. 하지만 한 잔의 맛있는 차를 우려 누군가에게 대접하고 싶다면, 혹은 스스로를 위해 가장 향기롭고 맛있는 차를 우려내어 즐기고 싶다면 몇 가지 상식은 알아야 한다. 입문자들이 가장 먼저 부닥치게 되는 몇 가지 고민들을 중심으로 이야기를 풀어보자.

차에는 우선 여러 가지가 있다. 물론 이때의 차란 차나무의 잎으로 만든 것만을 말한다. 그런데 똑같은 차나무 잎으로 만든 것이라도 만드는 방법에 따라 여러 가지 맛과 향이 난다. 그 결과 차의 종류가 많아진 것이다. 중국은 차의 생산량이나 소비량에서도 세계 최고 수준이지만, 만들어 내는 차의 종류에 있어서도 타의 추종을 불허하는 나라다. 중국 음식의 종류가 다양한 것과 마찬가지로 중국의 차도 상상 이상으로 다양하다. 이렇게 다양한 종류의 차들을 편의상 구분한 것이 소위 '6대 다류'라고 앞에서 소개했다. 이때 분류의 기준은 기본적으로 제다법이다. 제다법이 다르면 만들어진 차의 색도 달라지기 때문에 결과적으로 6대 다류는 차탕의 색상으로 나눈 것과 마찬가지가 되어 백차, 녹차, 황차, 홍차 따위의 이름으로 불린다.

차의 종류가 이처럼 다양하니 고르기가 어렵다는 문제가 생긴다. 하지만 이는 사실 문제랄 것도 없다. 다양한 만큼 골라 먹는 재미가 커진다고 생각하면 그만이다. 그렇게 이것저것 마시다 보면 자기 입맛에 맞는 차를 만날 수 있다. 그때까지는 되도록 다양한 차를 접해보는 것이 좋다. 한두 번 마셔본 차가 입에 맞지 않는다고 지레 포기하면 중국 음식은 맛 없는 짜장면뿐이라고 생각하는 것만큼이나 어리석은 일이다.

차를 잘 고르는 방법

우리가 차를 마시는 이유는 기본적으로 그 색과 향과 맛을 즐기기 위함이다. 그런데 세상의 수많은 차들은 모두 각기 저마다의 독특한 색향미를 지니고 있다. 이처럼 저마다의 독특한 색향미를 지닌 차들에 하나의 기준을 적용하여 우열을 매기는 건 어리석을 뿐만 아니라 가능한 일도 아니다. 이는 세상에 있는 모든 과일들을 대상으로 우열을 가리려는 것이나 마찬가지다. 가능하지도 않고 해봐야 남는 것도 없다. 그러니 인도의 아쌈보다는 스리랑카의 실론티가 낫다거나, 차 중에는 보이차가 최고라는 따위의 말들은 모두 어불성설이다. 이는 특정인의 특정한 기준에 따른 판단이거나, 특정한 목적을 가지고 지어낸 말들일 뿐이다. 이에 현혹되어서는 안 된다.

그렇다면 어떤 차를 어떤 기준으로 골라 마셔야 할까? 이 문제에 대한 대답은 의외로 간단하다. 각자의 판단에 맡겨야 한다는 것이다. 음식에 대한 기호가 개인마다 모두 다르듯, 차에 대한 선호도 역시 개인마다 모두 다를 것은 자명하다. 그러므로 각자의 기호에 맞는 차를 찾아 즐길 수밖에 없고, 그것이

가장 옳은 방법이다.

한 가지 차만 고집하는 사람들도 있는데, 이는 권장하고 싶은 태도는 아니다. 아무리 자기 입맛에 잘 맞는 특정한 차가 있다 하더라도, 세상의 그 많은 차들을 모두 무시하고 그 하나에만 집착하는 것은 내 생각에는 어리석은 일이다. 1년 365일 세 끼니를 모두 맨밥에 김치만 먹는다 해도 굶어 죽지는 않겠지만, 그걸 정상적인 식사라고 생각하는 사람은 없을 것이다. 하물며 차는 기호식품일 뿐이다. 하나에만 매달려 다른 모든 차들의 색향미를 즐길 기회조차 아예 포기한다면 너무 억울하지 않겠는가.

그러니 차를 고를 때는 선입견을 버리고 열린 마음을 가져야 한다. 우리나라의 녹차는 배를 차갑게 만든다거나, 중국의 차는 모두 더럽다거나, 일본의 차는 지나치게 비싸고 고급이라는 따위의 생각들이 모두 선입견이다. 보이차는 모두 가짜라거나, 녹차는 증제차가 아니라 덖음차라야만 좋다는 생각도 잘못이다. 가격이 싸면 색향미가 떨어지고, 그 반대라야 좋은 차라는 생각도 선입견이다.

이런 선입견들을 버리고, 저마다의 차들이 지닌 색향미를 우선은 즐겨볼 일이다. 그 과정에서 자기에게 잘 맞는 차, 좋은 차와 그렇지 않은 차를 구별하는 안목이 생기게 될 것이다.

좋은 차의 색향미

차의 색이란 우려낸 차탕茶湯의 빛깔을 말하는 것으로, 이는 차를 만드는 방법에 따라 달라진다.

우선 제대로 만들어진 덖음 녹차의 경우 찻물이 맑고 연둣빛이 도는 황금색이 난다. 황차는 비교적 갈색의 탕색이고, 홍차는 말 그대로 붉은 빛이 강하다. 홍차의 경우 동양에서는 그 탕색을 기준으로 삼아 홍차紅茶라고 하는데, 서양에서는 탕색이 아니라 완성된 찻잎의 색깔이 검기 때문에 이를 블랙티(black tea)라고 한다.

탕색은 차의 품질을 판별하는 기준 가운데 하나다. 그러니 같은 류의 차를 여러 종 마셔보면서 그 탕색의 차이를 살펴보는 것은 좋은 공부가 된다. 예컨대 덖음 제다법으로 만든 국내의 여러 녹차들을 마셔보면서 그 탕색의 같고 다름을 살펴보는 식이다. 녹차와 홍차를 나란히 우려놓고 탕색을 비교해보라는 말이 아니다.

탕색은 각 제다법에 따른 고유의 색을 잘 나타내면서 맑고 투명해야 좋은 제품이라고 할 수 있다.

좋은 차에서는 당연히 좋은 향이 난다. 하지만 차의 종류마다 향의 종류도 달라지기 때문에 이 역시 일괄적으로 말하기는 어렵다. 장미에서 장미향이 나고 국화에서 국화향이 나는 것처럼, 녹차에서는 녹차 향이 나고 홍차에서는 홍차 향이 난다. 어느 향이 더 좋다고 말할 수 없다. 오직 같은 종류의 차들 사이에서만, 예컨대 같은 홍차류들 사이에서만 비교가 가능한 것이다.

차에서 향이 나는 것은 기본적으로 찻잎에 향기 성분이 이미 들어있기 때문이다. 하지만 장미나 국화와 달리 차의 향은 만드는 사람의 솜씨나 제다법에 크게 좌우된다. 같은 찻잎을 사용하였음에도 차마다 향이 다른 것은 그 제

다법이 다르고 솜씨가 다르기 때문이다.

잘 만든 덖음차에서는 잘 익은 기분 좋은 향기가 난다. 잘 익은 향기는 차를 마신 후에도 입안에 오래 남는다. 찻잔에도 그 잔향이 그윽하게 남는다. 맑고 가벼운 향이다.

이런 향은 차를 덖는 과정에서 찻잎을 잘 익혔을 경우에만 생긴다. 이는 콩나물 삶는 과정에 비유될 수 있다. 콩나물을 삶다 보면 중간에 역한 비린내가 나는 것을 알 수 있다. 아직 제대로 익지 않아서 나는 냄새다. 반면에 제대로 잘 익은 콩나물에서는 구미를 당기는 향기로운 냄새가 난다. 차 역시 마찬가지다. 잘 만들어진 덖음차는 구미가 당기는 그런 좋은 향이 난다. 반대로 차를 제대로 익히지 않으면 생잎의 풋내와 야릇한 비린내가 난다.

차의 맛은 설명하기가 참 어렵다. 입이 천 개면 천 개의 맛이 존재하기 때문이다.

한때 '덖음차의 맛은 구수한 것이다' 하여 너도나도 차를 과하게 덖어서 구수한 맛을 내던 시기가 있었다. 하지만 좋은 덖음 녹차의 맛은 결코 구수한 것일 수 없다. 덖음차에서 나는 구수한 맛의 정체는 사실 너무 높은 온도에서 장시간 덖기 때문에 찻잎이 타거나 누른 결과이다. 덖음차의 특성상 어느 차에서든 약간의 누른 맛이 비치기는 하지만, 일부러 구수한 맛을 내려고 찻잎을 과하게 태우는 것은 제다법의 정도正道와는 거리가 먼 것이다.

차 덖는 과정을 밥 짓는 과정과 비교하여 설명해보자. 밥을 지으려면 우선 쌀을 씻고 적당히 물을 맞춰 솥에 안친다. 이어서 불을 때면 밥물이 끓기 시

작하는데, 이때부터 여러 가지 냄새가 올라온다. 처음에는 비릿한 쌀뜨물 끓는 냄새가 올라오고, 물이 자작하게 잦아들 무렵이면 설익은 밥 냄새가 나기 시작한다. 밥을 짓는 과정에서는 이 순간이 중요하다. 불을 줄이고 뜸을 푹 들여야 제대로 밥이 된다. 그런데 순간적으로 이를 넘겨버리면 밥이 눋게 되고 결국 누룽지 맛이 강한 밥을 먹게 된다. 누른 맛이 밴 밥을 더 좋아하는 사람도 더러 있겠지만, 이를 잘 지은 밥맛이라고는 할 수 없다.

반대로 설익은 밥에서는 일단 생쌀 냄새가 난다. 맛은 입안에서 겉돌고 거칠어서 식감이 좋지 않다. 억지로 먹으면 속이 거북하고 심할 경우 배탈이 난다.

차도 마찬가지다. 설익으면 풋내인 풀 냄새가 나고, 쓰고 떫은맛이 많아 미감이 좋지 않다. 마시고 난 뒤에는 속이 거북하고 편치 않다. 반대로 잘 익은 차에서는 부드럽고 좋은 향이 난다. 맛은 한 모금 마셔보면 미감이 매우 부드러우며, 떫고 쓴 맛이 없고 단맛이 많다. 마시고 나면 속이 편안하고 훈훈하며 기분이 좋아진다.

이렇게 밥맛과 비교하며 차 맛을 음미해본다면 비교적 실패하지 않고 좋은 차를 고를 수 있다. 간혹 첫 탕에서는 좋은 향과 맛이 나지만 두 번째나 세 번째 탕은 그렇지 않은 경우도 있다. 이는 차 만드는 과정에 문제가 있는 차라고 볼 수 있으니 주의해야 한다.

차를 구입할 때는 되도록 시음을 해보고 구입하고, 여의치 않을 때에는 신뢰할 수 있는 곳에서 구입해야 실패할 확률이 줄어든다.

술은 술잔에 차는 찻잔에 ╰┈➤

차를 골랐으면 이제 차 우릴 다구를 준비해야 한다. 차 도구를 골라야 한다면 머리가 지끈거리는 사람도 있을 것이다. 텔레비전이나 여러 매체를 통해 여러 가지 다구와 복잡한 절차를 보아왔기 때문이다. 하지만 어렵게 생각할 것이 없다. 물론 필요한 모든 것을 제대로 준비하고 연습해서 다구를 능수능란하게 다루면서 차를 우리고 우아하게 마실 수 있다면 더욱 좋겠지만, 뭐 그렇지 않다고 해서 차를 마시지 못하란 법은 없다.

차를 마시려면 우선 갖춰야 할 도구가 몇 가지 있다. 대강 생각하더라도 물을 끓일 수 있는 주전자, 차를 우리는 다관, 차를 따라 마실 수 있는 찻잔 정도는 있어야 한다. 특히 다관과 찻잔이 중요한데, 차를 우려 마시기 위한 필수 도구라고 할 수 있다. 유명한 도자기 작가가 만든 값비싼 다구가 필요한 것은 아니지만, 차에 어울리는 최소한의 적절한 도구는 있어야 한다. 아무리 맛있는 커피를 구해 우렸더라도 양재기에 따라 마신다면 분위기도 분위기지만 실제로 그 맛과 향을 제대로 즐길 수 없는 것과 마찬가지로 차 역시 적절한 도구 없이는 그 맛과 향을 제대로 즐기기 어렵다. 소주와 맥주의 잔도 다른데, 하물며 차를 아무 그릇에나 마실 수는 없는 노릇이다.

그런데 이 다구에도 일종의 유행, 혹은 트렌드가 있는 모양이다. 몇 해 전

까지만 하더라도 다구를 세트로 갖춰놓고 마시는 것이 유행이었다. 5인용이면 5인용, 3인용이면 3인용 다구가 한 세트로 만들어지고 팔렸다. 다관과 잔의 모양이 한 작가에 의해 한 디자인으로 만들어지니 그야말로 일관성이 있어서 누가 보더라도 정돈된 느낌이 있었다. 그런데 최근에는 다관은 다관대로, 잔은 잔대로 따로따로 구입한 뒤 조합하여 사용하는 것이 트랜드가 되었다. 이에 따라 다관의 형태나 크기는 다양화 되고, 잔의 크기도 다양해져 개인의 취향대로 적당한 것을 골라 쓸 수 있게 되었다. 격식과 통일성과 규율보다는 개성이 중시되는 사회가 도래한 것과 무관치 않을 것이다.

이하에서는 극히 기본적인 몇 가지 도구만 살펴보기로 한다.

차 우리는 다관

차를 넣고 물을 부어 우리는 데 필요한 그릇이다. 기본적으로 주전자 모양이므로 그냥 찻주전자라고도 하고, 홍차 도구를 말할 때에는 홍차문화의 선진국인 영국의 예를 따라서 티팟(tea pot, 티 포트)이라고도 한다. 다관茶罐, 찻주전자, 티팟 등등 모두 같은 말이다. 하지만 우려야 하는 차의 종류에 따라 다관의 재질과 모양과 크기는 서로 달라진다. 우리나라 녹차용 다관과 서양식 홍차용 티팟은 재질, 모양, 크기 등에서 서로 다르다는 얘기다. 그래서 보이차는 자사호에 우리고, 청차는 개완에 우려야 한다는 등의 다소 복잡한 얘기가 나오는 것이다.

여기서는 우선 우리나라 전통 덖음차용 다관 얘기를 해보자. 크기는 크게는 5인용에서 작게는 혼자 마실 수 있는 1인용까지 있다. 손잡이가 옆에 달린 형태와 뒤에 달린 형태가 있는데, 대체로 옆에 달린 것은 용량이 큰 것이고 뒤에 달린 것은 용량이 작은 것이다.

다관은 여러 다구들 중에서도 차의 색향미를 만들어 내는 데 있어서 결정적인 역할을 한다. 차의 종류와 한 번에 우려야 할 차의 양에 최적화된 다관을 골라야 제대로 된 차 맛을 낼 수 있다. 그렇다면 보다 구체적으로, 어떤 다관을 어떤 기준으로 골라야 할까?

먼저 다관의 크기에 대해 생각해 보자. 다관에 물을 부어 차를 우릴 때에는 다관 가득 물을 채워 우려야 한다. 채워지지 않은 빈 공간이 크면 클수록 찻물에 차의 향이 녹아들지 못하고 다관 안의 이 빈 공간에 고여 있다가 차를 따를 때 공기 중으로 흩어져 버린다. 그러므로 한 번에 우릴 찻물의 양에 비

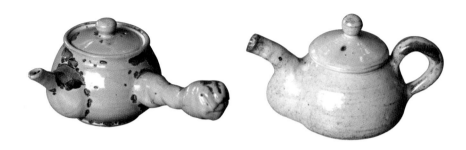

례하여 다관을 준비해야 한다. 예컨대 혼자 마실 거라면 가장 작은 다관이 좋다. 큰 다관에 한꺼번에 차를 잔뜩 우려놓고 나누어 마실 수도 있긴 하지만, 나중에 마시는 차는 너무 식어버리고 향이 달아나게 마련이어서 올바르지 않다. 또 큰 다관에는 많은 양의 물만이 아니라 많은 양의 차도 함께 넣어야 하므로 차를 낭비하게 된다. 반대로, 다섯 사람이 모여앉아 차를 마신다면 1인용 다관으로는 감당할 수가 없다. 그러므로 차 마시는 사람이 다섯이면 한 번에 다섯 잔을 우릴 수 있는 5인용 다관, 세 사람이면 3인용 다관, 혼자라면 1인용 다관 하는 식으로 다관의 크기를 정해야 한다. 자주든 더러든 손님들과도 차를 나누지 않을 수 없으므로 집에는 당연히 1인용, 3인용, 5인용 등 몇 가지 크기의 다관들이 있는 게 좋다.

다관과 잔은 세트로 되어 있는 경우가 많다는 것도 알아두자. 말하자면 우리나라 녹차용 다관에는 그에 어울리는 디자인과 사이즈의 잔이 따로 있고, 중국의 오룡차 종류에는 그에 어울리는 다관과 잔이 별도로 있다. 서양식 홍차 역시 그에 어울리는 다관과 잔이 따로 있다. 그러므로 다관의 크기를 정할 때에는 인원 수와 더불어 잔의 크기도 함께 고려해야 한다.

때로는 차의 종류에 따라 다관을 반드시 바꾸어야 할 경우도 있다. 보이차가 대표적인데, 이 차는 자사라는 흙으로 만든 다관으로 우려 마셔야 제격이다. 그런데 자사로 만든 다관인 자사호는 차를 우리는 동안 자사호 자체에 차의 맛과 향이 스며들게 된다. 이렇게 보이차의 맛과 향이 스며든 자사호에 다른 차를 우리면 당연히 이상한 맛과 향이 나게 된다. 방금 된장찌개를 끓여낸 뚝배기에 맑은 콩나물국을 끓이는 것과 마찬가지다. 된장찌개의 맛과 콩나물국의 맛이 뒤섞여 그야말로 이상한 맛이 나게 될 것이다. 차의 종류에 따라 사용하는 다관과 잔을 별도로 준비해야 한다고 생각하면 쉽다. 너무 번거롭게 여겨진다면 맛과 향이 스며들지 않는 유리 다관 등을 사용해도 된다. 제대로 된 맛을 우려내기는 쉽지 않겠지만 큰 잘못을 저지를 위험도 없다.

다관을 고를 때는 크기와 재질 외에 몇 가지 고려해야 할 요소들이 더 있다. 예컨대 '3수3평三水三平의 원칙'이 그것이다. 제대로 만들어진 다관은 당연히 그 모양 외에 기능도 뛰어날 텐데, 이처럼 다관의 기능성이 얼마나 좋은가의 여부를 판단하는 일종의 기준이 3수3평이다.

먼저 3수란 출수出水, 절수切水, 금수禁水를 말한다. 세 가지 모두 다관에서 우려진 찻물을 잔에 따를 때 얼마나 안전하고 효과적으로 따를 수 있는가의 문제와 결부된 것이다. 싸구려 양주병의 술을 작은 잔에 따라본 사람이라면 병 주둥이의 미세한 차이가 술을 따를 때 얼마나 사람을 불편하게 만드는지 잘 알 것이다. 다관도 마찬가지다. 잘못 만들어진 다관은 사용하기에 매우 불편하다. 이런 불편을 겪지 않으려면 3수가 잘 조절되는 다관을 골라야 하는 것이다. 3수 가운데 출수는 다관의 꼭지 끄트머리인 물대에서 나가는 물줄기

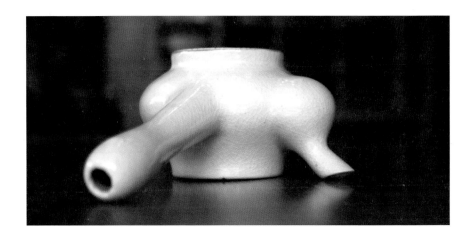

가 힘차면서도 예상 지점에 정확히 떨어지는 것이다. 출수가 제대로 되지 않
는 다관을 사용하면 뜨거운 찻물이 바람 부는 날의 빗발처럼 이리저리 흩어져
서 능숙한 차인이라 하더라도 잔이나 숙우에 제대로 찻물을 따를 수가 없다.

절수는 물 끊김이 깨끗해서 남은 물이 흘러내리지 않는 것을 말한다. 다관
안의 찻물은 짧은 시간에 깔끔하게 모두 따라져야 하며, 너무 오랜 시간 남은
찻물이 방울방울 떨어져서는 곤란하다.

한편, 다관의 뚜껑에는 물이 잘 따라지라고 공기구멍이 뚫려 있는데, 이
구멍을 막으면 물이 나오지 않고 멈추는 게 정상이다. 이것이 금수의 기능이
다. 이 기능이 제대로 되려면 뚜껑과 몸체 사이에 빈틈이 없이 꼭 들어맞아
야 한다.

다관의 기능과 관련하여 또 하나의 기준이 되는 3평은 물대 끝과 몸통의
전, 손잡이의 끝이 같은 높이가 되어 수평을 이루는 것을 말한다. 다관은 손

잡이가 뒤에 있든 옆에 있든 이 3평이 잘 맞아야 사용에 불편이 없다.

물대 끝이 몸통의 전보다 높을 경우에는 다관을 많이 기울여서 찻물을 따라야 하는데, 이때 너무 많이 기울이면 뚜껑으로 물이 흐를 수 있어 사용하기 불편하다. 반대로 물대 끝이 전보다 낮을 경우에는 다관 가득 물을 부었을 때 물대 끝으로 찻물이 넘치게 된다. 앞에서도 말한 것처럼 다관에 물을 가득 부을 수 없다면 다관 안쪽에 빈 공간이 생기게 되고, 이 빈 공간에 차의 향기가 고였다가 나중에 차를 따를 때 공중에 그냥 흩어져 사라지게 된다.

숙우

숙우熟盂는 일상에서는 듣기 어려운 생소한 이름의 그릇인데, 쉬운 말로는 물 식힘 사발이라고도 한다. 우리나라 녹차를 우릴 때 쓰는 그릇이다. 중국 차나 홍차의 경우 끓인 물을 바로 다관에 부어 그대로 차를 우리는 것이 보통이다. 하지만 우리 녹차를 비롯하여 몇 가지 차들은 끓인 물을 바로 사용하지 않고 조금 식혀서 사용한다. 그래야 녹차의 떫고 쓴 맛을 줄일 수 있기 때문이다. 이렇게 끓인 물을 식힐 때 사용하는 그릇이 바로 숙우다.

숙우는 다 우려진 차탕을 한꺼번에 따라두었다가 몇 개의 잔들에 나누어 따를 때에도 이용된다. 예컨대 큰 다관에 5인분의 녹차를 우렸다

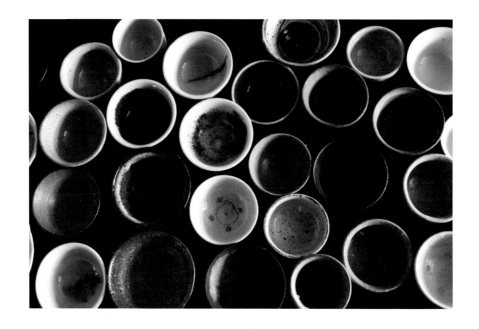

면, 이 차탕 전체를 숙우에 따르고, 숙우의 차를 다시 다섯 개의 잔에 균등하
게 나누어 따르는 것이다.

　요즘은 이 그릇 대신 다관 두 개를 이용하여, 하나를 숙우 대용으로 활용하
기도 한다.

잔

　녹차에 이용하는 잔만 따져도 그 종류가 상당히 많다. 개괄적으로 설명하
면, 입이 넓고 깊이가 얕은 잔은 보통 여름에 사용하고 반대로 입이 좁고 깊
이가 깊은 잔은 겨울에 많이 사용한다. 향이 진한 차는 작은 잔, 향이 부드러

운 차는 깊은 잔, 입식 자리에선 작은 잔, 좌식 자리에선 큰 잔 등 몇 가지 기준에 따라 잔을 정하기도 한다.

그러나 이런 조건들을 반드시 따라야 하는 것은 아니다. 각자의 취향대로 선택하면 되는 것이고, 차의 맛과 향을 해치지 않는 범위만 지키면 된다.

기타의 다구

다관, 숙우, 잔이 없다면 우리 녹차를 제대로 우려 마시는 건 거의 불가능하다. 티백 제품을 종이컵에 우려 마시는 것도 물론 차를 마시는 행위이긴 하다. 하지만 차의 색향미를 제대로 느낄 수 있는 음다법은 아니다. 최소한 다관, 숙우, 잔은 있어야 그래도 찻자리라고 할 수 있겠다. 이 세 가지 외에도 있으면 더욱 좋은 다구들이 몇 가지 더 있다.

우선 차탁(찻상)이 그중 하나인데, 20~25cm 높이가 적당하다. 밥상의 높이가 보통 1자, 즉 30cm 정도이니 밥상보다는 조금 낮아야 차도구를 다루기가 쉽다.

차시茶匙는 문자 그대로 차 수저다. 주로 대나무나 목재를 깎아 만드는데, 우릴 찻잎을 떠서 다관에 흘리지 않고 넣는 데 쓰는 도구다. 차 수저가 없는 경우 적당한 크기의 티스푼 등으로 대신할 수도 있다.

찻잔받침은 그야말로 잔 밑에 받치는 것으로, 천으로 만든 것, 나무로 만든 것 등이 있다. 한지로 만든 것도 있어서 찻물이 넘칠 경우 금방 흡수가 되어 사용하기 편하다. 그러나 여러 번 사용하기에는 적당치 않다. 각자 개성 있게 만들어서 써도 좋다.

　차를 우리기 위해서는 당연히 끓는 물이 필요하고, 다구에는 필수적으로 물 끓이는 도구가 포함된다. 예전에는 숯불화로에 철병을 올려 물을 끓였다. 요즘에도 이런 흉내는 낸다. 모양이 비슷한 화로 안에 전기코일을 설치하고, 내열 도자기 솥이나 쇠로 만든 주전자를 올려 물을 끓인다. 한번 끓인 뒤 일정한 온도로 보온이 되는 전기 티포트도 있어서 많이들 이용한다. 반면에 오래 보온한 물은 맛이 없다고 그때그때 바로 끓이는 순간 온수 포트를 사용하는 이도 있다.

　어떤 도구를 사용해도 좋으나, 찻물에서 핵심은 물 자체가 좋은 물이어야 한다는 것이다. 일단 수돗물은 소독약 냄새가 나기 때문에 이를 걸러내지 않으면 찻물로는 부적합하다. 가까운 곳에 있는 샘물이나 시중에 파는 생수로 끓여야 제대로 된 차를 즐길 수 있다.

차 우리기의 알파와 오메가

비싸고 좋은 차를 골랐다고 차를 맛있게 마실 수 있는 것은 아니다. 다구가 좋다고 저절로 맛있는 차가 되는 것도 아니다. 차 우리기에도 몇 가지 조건이 있다.

첫째는 좋은 물

차를 우릴 수 있는 물이 특수하게 어디에 따로 있는 것은 아니다. 일단 우리가 마실 수 있는 물은 다 차를 우리는 데 이용할 수 있다. 하지만 수돗물처럼 약품으로 소독을 해서 냄새가 배어있는 경우 차를 제대로 즐길 수 없게 방해하기 때문에 좋지 않다. '몸에 좋은 성분이 많다는 무슨무슨 약수' 따위도 적당치 않다. 약수에 들어있는 여러 성분들이 차 맛과 향의 발현을 방해하기 때문이다.

주변에 있는 여러 종류의 물들을 떠다가 차를 우려 맛을 보면 그동안 몰랐던 신세계를 경험할 수 있다. 차 맛을 결정하는 것이 물이라는 것을 누구나 실감할 수 있다. 동일한 하나의 차를 이용하되 '같은 양의 차, 같은 양과 온도의 물, 같은 시간' 등의 공통 조건 아래서 차를 우려 맛을 보면 깜짝 놀랄 수밖에 없다. 물 하나 다를 뿐인데 차의 향과 맛이 어찌나 그렇게 다른지 실로

놀라지 않을 수 없다.

이런 일이 번거롭다고 생각되면 시중에 파는 물을 여러 종류 구해서 어떤 것이 좋은지 시험을 해보는 것도 좋다. 그렇게 차의 향과 맛을 잘 발현시키는 물을 찾아야 한다. 물론 차의 종류마다 최적의 물도 달라진다.

둘째는 온도

아무리 좋은 차, 아무리 좋은 물이라도 적당한 온도로 적당한 시간 동안 우리지 않으면 제대로 된 차 맛을 볼 수 없다. 그런데 차의 종류마다 우리는 온도와 시간이 제각각이다. 동일한 차라도 온도와 시간에 따라 차의 색향미는 미세하게 달라지고, 각자의 입맛에 맞
는 최적의 조건은 결국 사람마다 다르
다고 할 수 있다. 제대로 된 한 잔의 차
를 우려내기 위해서는 결국 각자의 노
력과 경험과 노하우가 필요하다는 얘기
다. 누가 대신해줄 수 없고, 누가 일방
적으로 가르쳐줄 수도 없다. 하지만 몇
가지 일반론이 아예 없는 것은 아니다.

　우선 차를 우리는 적당한 온도에 대
해 살펴보자. 대체로 산화효소를 이용
한 황차류에서 홍차까지는 80도 이상
의 뜨거운 물로 우려도 맛있게 차를 마
실 수 있다. 그런데 이렇게 뜨거운 물로 우려도 되는 차일지라도 향이 휘발되
지 않도록 처음부터 높은 온도보다는 한 김 내보낸 70~80도 이하의 낮은 온
도에서 우선 우려 향을 즐기고, 두 번째부터 뜨거운 물로 우려 그 변화를 관
찰하며 즐기는 것이 더 좋다.

　녹차는 보통 바로 끓인 물이 아니라 조금 식힌 물을 사용한다. '이 녹차는
끓는 물로 우려도 맛있는 차입니다' 하며 특수한 비법을 자랑하는 녹차도 더
러 있지만, 모든 차의 향은 물이 뜨거울수록 빨리 휘발된다는 점을 잊지 말
자. 향을 즐기려면 차 맛을 해치지 않을 정도의 조금 식힌 물로 우려야 한다.
끓는 물의 온도가 100도라면, 한 김 식힌 물의 온도는 75~85도 정도이다.

셋째는 다관의 크기

다관에는 빈 공간이 없어야 차의 향기가 유실되지 않는다. 따라서 차를 맛있게 마시기 위해서는 다관의 크기가 매우 중요하다. 둘이서 차를 마시는데 5인 기준의 다관에 2인분의 차와 물을 넣고 우린다고 가정해보자. 다관에 물이 가득 차지 않아 공간이 많이 생긴다. 공간이 많다는 것은 차가 우려지면서 향이 그 공간에 발현되어 찻물에 스미지 않고 허비되는 것이니, 그만큼 맛있는 차를 마실 수 없게 되는 것이다. 다관의 크기를 적절하게 선택하는 것이 그만큼 차를 맛있게 우릴 수 있는 조건이 된다.

다관은 가득 채워서 우려야 향의 손실을 막을 수 있다.

넷째는 차의 양

차의 양이 지나치게 많거나 적으면 당연히 제대로 된 차의 색향미를 얻을 수 없다. 보통은 1인분에 약 2g의 차를 우려야 한다고 하는데, 2인분은 4g이 아니라 3~4g의 차가 적당하고, 3인분이라면 6g이 아니라 4~5g의 차가 적당하다.

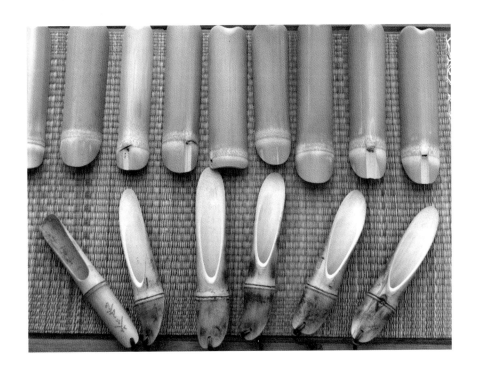

다섯째는 우리는 시간

차를 뜨거운 물에 너무 오래 두면 당연히 차의 맛이 진하게 되어 쓰거나 떫어지고 마시기 좋지 않다. 우리나라 녹차인 경우엔 여러 번 덖고 비벼서 금방 우려지는 것이 특징이다. 뜨거운 물을 붓고 기다리지 않고 바로 따라도 잘 우려지니 물의 온도에 따라 완급을 조절하고, 우리는 횟수에 따라 완급에 다시 주의를 기울여야 한다.

　이상 다섯 가지의 조건을 보면 조금 복잡한 것 같지만 실은 물 선택을 빼고
는 모두 한순간에 일어나는 일이다. 어려워하지 말고 한두 번 직접 해보며 차
를 마시다 보면 쉽게 할 수 있는 일이다.

차, 네 멋대로 즐겨라

녹차

물이 끓기를 기다리는 동안 차 도구를 정갈하게 씻어 물기 없이 닦아 정리한다. 다관과 숙우, 잔들을 사용하기 편하도록 배치하고, 차 봉지를 열어 찻수저로 떠서 다관에 넣는다. 손님의 수를 기준으로 다관의 크기와 차의 양을 가늠한다.

첫탕에 너무 뜨거운 물을 부으면 향이 발현하자마자 증발되어 차향을 온전히 즐기기 어렵다. 그러므로 첫탕은 한 김 내보내 살짝 낮아진 온도의 물로 우려야 한다.

두 번째부터는 뜨거운 물을 직접 부어도 되나, 우려진 찻물이 너무 뜨거우면 손님이 마시기 적절하지 못할 수 있다. 마시기 편한 온도로 가늠해서 내야 한다.

다섯 번 정도 우려 마시고 나면 보통 차의 기미가 약해진다. 그쯤에서 다른 차로 바꾸거나 그만 마시면 된다.

다른 차를 더 마시지 않는다면 다관의 찻잎을 비우고 뜨거운 물로 헹군다. 그런 뒤 다관 뚜껑을 살짝 열어두어 물기가 잘 마르도록 한다. 잔은 따로 모아 두었다가 개수대에서 닦아 말려 둔다.

차 마시는 일이 익숙하지 않아서 어렵게 생각되나 위와 같이 몇 번 해보면 손에 익어 아주 쉽다. 무엇을 먹고 마시는 일이 어려우면 얼마나 어려울 것인가.

황차류

황차류는 녹차를 우리는 것보다 더 쉽다. 차 마실 준비의 단계는 녹차와 같다. 이어 물을 끓이고 우리게 되는데, 특별히 물 온도에 세심하게 관심을 가지지 않아도 된다. 뜨거운 물을 붓고 적당한 시간이 지난 뒤에 따르면 된다. 물론 '적당하게'라는 말은 퍽 모호한 말이어서 처음엔 구체적으로 가늠을 하

이슬차용 다구(매원초가 作)

기가 쉽지 않다. 하지만 여러 번 차를 우려 마시다 보면 진하다든가 연하든가 하는 저마다의 판단 기준을 얻을 수 있고, 나중에는 이 기준을 바탕으로 누구나 차의 강약까지 조절할 수 있게 된다.

이슬차

눈물차나 진차라고도 하며, 정말 눈물 몇 방울 만큼 적은 양만을 우려 마시는 차이다. 작은 다관에 적당량의 차를 넣고, 60도 이하의 식힌 물을 붓고, 3분 정도 우린다.

도롭식 냉녹차 우리기

차가 우려지면 손톱만큼 작은 잔에 한 방울 따른다. 꿀꺽 마시는 것이 아니라 혀 위에 얹고 입을 다물고 차의 맛과 향을 즐긴다.

매우 진한 차이며, 이렇게 우릴 차는 아주 어린 잎으로 만든 고급차여야 한다. 그렇지 않으면 쓰고 떫은 맛이 많아 마시기 힘들어진다.

드롭식 냉녹차

드롭식 냉커피 만드는 방법으로 녹차를 우릴 수 있다고 하면 다들 고개를 갸우뚱 하며 웃는다. 설마 녹차가 저렇게 해서 우려질까 하는 표정이다.

먼저 도구로 드롭식 커피 만드는 기구를 준비한다. 유리 서버에 얼음을 가득 채우고, 서버 위에 드리퍼를 놓고, 여과지 두 장을 겹쳐 접어 드리퍼 위에 장착한다. 녹차 5~10g 정도를 손님 수에 맞춰 넣고, 드립포트에 뜨거운 물을 담아 드립을 시작하는데, 커피보다 조금씩 물을 부어 차를 불려가며 추출한다.

얼음 위에 흘러내리는 찻물의 연한 빛깔을 감상하는 것이 포인트다. 만들어진 차를 준비한 유리잔에 나눠 따라준다.

차향이 날아가기 전에 급속히 냉각되기 때문에 향이 진한 냉녹차를 즐길 수 있다. 황차류나 홍차도 같은 방법으로 즐길 수 있다.

혜우 스님의 첫눈에 반한 차 이야기

초판 1쇄 발행 2018년 6월 5일

지 은 이   혜우 스님

펴 낸 이   김환기
펴 낸 곳   도서출판 이른아침
주   소   경기파주시 회동길 445-1 경인빌딩 B동 4층
전   화   02-3143-7995
팩   스   02-3143-7996
등   록   2003년 9월 30일 제 313-2003-00324호
이 메 일   webmaster@booksorie.com

ISBN 978-89-6745-078-6 03840